김유정 金裕貞

1908년 1월 11일, 우리나라 최초의 인명人名 기차역인 '김유정역'이 있는 강원도 춘천 실레마을에서 2남 6녀 중 일곱째이자 그로서는 안타깝게 차남으로 태어난다. 1914년, 유정 일가는 서울 진골(현 종로구 운니동)의 1백여 칸짜리 저택으로 이사하는데, 셋째 누이 김유경은 이곳을 유정의 출생지로 증언한다. 1915년 어머니가, 2년 뒤인 1917년 아버지가 세상을 떠나 고아가 된다. 9살, 유정은 아직 따뜻한 보살핌이 필요했지만, 가장이 된 형 유근은 동생을 돌보는 대신 주색잡기에 빠져 산다. 유정은 책상 위에 놓인 어머니 사진을 들여다보곤 하며, 친구들에게 어머니가 미인임을 자랑하기도 하며, 횟배를 자주 앓으며 소년기를 보낸다.

1929년, 한 번의 휴학을 거쳐 휘문고교를 졸업한다. 그동안 형의 금광 사업 실패와 방탕한 생활로 가세는 몰락한다. 1930년, 연희전문학교 문과에 입학하지만 결석으로 인해 곧 제적당한다. 스스로는 더 배울 것이 없어 자퇴했다고 했지만. 이후 얼마간의 방랑 생활을 거친 후 귀향, 야학당을 여는 한편 농우회, 노인회, 부인회를 조직 농촌계몽 활동을 벌인다. 그 와중 늑막염이 폐결핵으로 악화한다.

1933년, 서울로 돌아온 유정은 누나들 집을 전전하며 폐결핵을 견뎌야 하는 삶을 산다. 그런 유정을 안타까워하던 친구 안회남이 소설 쓰기를 권유, 〈산골나그네〉와 〈총각과 맹꽁이〉를 연이어 발표한다. 그리고 1935년, 〈조선일보〉와 〈조선중앙일보〉 신춘문예에 〈소낙비〉와 〈노다지〉가 각각 1등과 입선으로 당선, 문단의 부러움을 한 몸에 받으며 정식으로 등단한다. 이후 1937년, 스물아홉의 나이로 죽을 때까지 소설 30편, 수필 12편, 그리고 번역 소설 2편을 남긴다.

죽기 한 해 전인 1936년 가을, 이상으로부터 "유정! 유정만 싫지 않다면 나는 오늘 밤으로 치러버릴 작정입니다. 일개 요물에 부상당해 죽는 것이 아니라 27세를 일기로 불우한 천재가 되기 위해 죽는 것입니다!"라는 동반자살 제의를 받지만, "명일의 희망이 이글이글 끓습니다"라는 말로 거절한다. 하지만 이듬해 3월 29일, 세상을 떠나고 만다. 자살을 먼저 제의한 이상보다 19일 먼저. 사인은 둘 모두 폐결핵. 같은 해 5월 15일, 요절한 두 천재의 죽음을 기리는 합동 추도식이 치러진다. 발기인은 이광수, 주요한, 최재서, 정지용, 이태준, 박태원, 그리고 안회남 등 25명. 1938년, 김유정의 첫 책이 삼문사에서 출간된다. 제목은《동백꽃》.

죽기 열하루 전, 번역으로 '돈 100원을 만들어볼 작정'을 한 유정은 안회남에게 "아주 대중화되고, 흥미 있는" 탐정소설 두어 권을 보내줄 것을 편지로 요청한다. "그 돈이 되면 우선 닭을 한 30마리 고아 먹겠다. 그리고 땅꾼을 들여 살모사, 구렁이를 10여 마리 먹어보겠다. 그래야 내가 다시 살아날 것이다"라며. "책상 위에는 '겸허謙虛'라는 두 글자"를 커다랗게 써 붙여놓은 채. 스물아홉의 피 끓는 삶에의 몸부림과 죽음에 대한 겸허한 자세 사이에서.

녹슨

김유정의 소설

김유정 지음

— 차례

떡

원래는 사람이 떡을 먹는다. 이것은 떡이 사람을 먹은 이야기다. 다시 말하면 사람이 즉 떡에게 먹힌 이야기렷다. 좀 황당한 소리인 듯싶으나 그 사람이란 게 역시 황당한 존재라 하릴없다. 인제 겨우 일곱 살 난 계집애로 게다가 겨울이 왔건만 솜옷 하나 못 얻어 입고 겹저고리 두렝이로 떨고 있는 옥이 말이다. 이것도 한 개의 완전한 사람으로 칠는지 혹은 말는지! 그건 내가 알 바 아니다. 하여튼 그 애 아버지가 동리에서 제일 가난한 그리고 게으르기가 곰 같다는 바로 덕희다. 놈이 우습게도 꾸물거리고 엄동과 주림이 닥쳐

와도 눈 하나 끔벅 없는 신청부^{근심 걱정이 많아 사소한 일을 돌아볼 여}라 우리는 가끔 그 눈꼽 낀 얼굴을 놀릴 수 있
을 만치 흥미를 느낀다. 여보게, 이 겨울엔 어떻게 지내
려나, 올엔 자네 꼭 굶어 죽겠네, 하면 친구 대답이, 이거
왜이랴, 내가 누구라구 지금은 밭떼기 하나 붙일 것 없어
도 이래봬도 한때는 다― 하고 펄쩍 뛰고는 지난날 소작
인으로 땅 팔 수 있었던 그 행복을 다시 맛보려는 듯 먼
산을 우두커니 쳐다본다. 그러나 업신 받는데 약이 올라
서 자네들은 뭐 좀 난상부른가? 하고 낯을 붉히다가는
풀밭에 슬며시 쓰러져서 늘어지게 아리랑 타령. 그러니
까 내 생각에 저것도 사람이려니 할 수밖에. 사실 집에서
지내는 걸 본다면 당최 무슨 재미로 사는지 영문을 모른
다. 그 집도 제 것이 아니요 개똥네 집이다. 원체 식구라
야 몇 사람 안 되고 또 거기다 산 밑에 외따로 떨어진 집
이라 건넌방에 사람을 들이면 좀 덜 호젓할까 하고 빌린
것이다. 물론 그때 덕희도 방을 얻지 못해서 비대발괄<sup>억
울한 사정을 하소연하면서 간절히 청하여 빎</sup>로 뻗질 드나들던 판이었지
만. 보수는 별반 없고 농사 때 바쁜 일이나 있으면 좀 거
들어달라는 요구뿐이었다. 그래서 덕희도 얼씨구나 하
고 무척 좋았다. 허나 사람은 방만으로 사는 것이 아니
다. 이 집 건넌방은 유달리 납작하고 비스듬히 쏠린 헌
벽에다 우중충하기가 일상 굴속 같은데 겨울 같은 때 좀
들여다보면 썩 가관이다. 윗목에는 옥이가 누더기를 들

쓰고 앉아서 배가 고프다고 킹킹거리고 아랫목에는 화가 치뻗친 아내가 나는 모른단 듯이 벽을 향하여 쪼그리고 누워서는 꼼짝 않고 놈은 아내와 딸 사이에 한 자리를 잡고서 천장으로만 눈을 멀뚱멀뚱 둥글리고 들여다보는 얼굴이 다 무색할 만치 꼴들이 말 아니다. 아마 먹는 날보다 이렇게 지내는 날이 하루쯤 더할는지도 모른다. 그 꼴에 궐자*그를 낮잡아 이르는 말가 술이 호주라서 툭하면 한잔 안 살려나가 인사다. 지난봄만 하더라도 놈이 술에 어찌나 감질이 났던지 제집에 모아났던 뒹을 지고 가서 술을 먹었다. 뒹 퍼다 주고 술 먹긴 동리에서 처음 보는 일이라고 계집들까지 입에 올리며 소문은 이리저리 돌았다. 하지만 놈은 이런 것도 모르고 술만 들어가면 세상이 그만 제게 되고 만다. 음, 음, 하고 코에선지 입에선지 묘한 소리를 내어가며 만나는 사람마다 붙잡고 잔소리다. 한편 술은 놈에게 근심도 되는 것 같다. 전에 생각지 않던 집안 걱정을 취하면 곧잘 한다. 그 언제인가 만났을 때에도 술이 담뿍 취하였다. 음, 음, 해가며 제집 살림살이 이야기를 개소리 쥐소리 한참 지껄이더니 놈이 나중에 한단 소리가 그놈의 계집애나 죽어버렸으면! 요건 먹어도 캥캥거리고 안 먹어도 캥캥거리고 이거 원!─사세가 딱한 듯이 이렇게 탄식을 하더니 뒤를 이어 설명이 없는 데는 어린 딸년 하나 더한 것도 큰 걱정이라고. 이걸 듣다가 기가 막혀서 자네 데릴사위 얻어서 부려먹을 생각은 없나, 하고 물은즉 아, 어느 하가^{겨를}에 그동안 먹여 키우진 않나 하고 골머리를 내젓는 꼴이 댕길 맛이 아주 없는 모양이었다. 짜장 이토록 딸이 원수로운지 아닌지 그건 여기서 끊어 말하기 어렵다. 아마는 애비치고 제가 난 자식 밉달 놈은 없으리라마는 그와 동시에 놈이 가끔 들어와서 죽으라고 모질게 쥐어박아서는 울려놓은 것도 사실이다. 그러다 울음이 정말 된통 터지면 이번에는 칼을 들고 울어봐라 이년, 죽일 터이니 하고 씻은 듯이 울음을 걷어놓고 하는 것이다. 눈이 푹푹 쌓이고 그 덕에 나뭇값은 부쩍 올랐다. 동리에서는 너나없이 앞을 다투어 나뭇짐을 지고 읍으로 들어간다. 눈이 정강이에 차는 산길을 휘돌아 이십 리 장로를 걷는 것이다. 이 바람에 덕희도 수가 터지어 좁쌀이나마 양식이 생겼고 따라 딸과의 아귀다툼도 훨씬 줄게 되었다. 그는 자다가도 꿈결에 새벽이 되는 것을 용하게 안다. 밝기가 무섭게 일어나 앉아서는 옆에 누운 아내의 치맛자락을 끌어당 긴다. 소위 덕희의 마른세수가 시작된다. 두 손으로 그걸 펼쳐서는 꾸물꾸물 눈꼽을 떼고 그러고 나서 얼굴을 쓱쓱 문대는 것이다. 그다음 죽이 들어온다. 얼른 한 그릇 훌쩍 마시고는 지게를 지고 내뺀다. 물론 아내는 남편이 죽 마실 동안에 밖에 나와서 나뭇짐을 만들어야 된다. 지게를 버텨놓고 덜덜 떨어가며 검불을 올려 싣는다. 짐까지 꼭꼭 묶어주고 가는 남편을 향하여 괜히 술

먹지 말고 양식 사오세유 하고 몇 번 몇 번 당부를 하고는 방으로 들어온다. 옥이가 늘 일어나는 것은 바로 이때다. 눈을 비비며 어머니 앞으로 곧장 달려든다. 기실 여짓껏 잤느냐면 깨기는 벌써 전에 깨었다. 아버지의 숟가락질 하는 땔가락 소리도 짠지 씹는 쩍쩍 소리도 죄다 두 귀로 분명히 들었다. 그뿐 아니라 아버지의 죽그릇이 감은 눈 속에서 왔다 갔다 하는 것까지도 똑똑히 보았다. 배고픈 생각이 불현듯 불끈 솟아서 곧바로 일어나고자 궁둥이까지 들먹거려도 보았다. 그럴 동안에 군침은 솔솔 스며들며 입으로 하나가 된다마는 일어만 났다가는 아버지의 주먹, 주먹. 이년아, 넌 뭘 한다고 벌써 일어나 캥캥거려, 하고는 그 주먹, 커다란 주먹. 군침을 가만히 도로 넘기고 꼬물거리는 몸을 다시 방바닥에 꼭 붙인채 색색 생코를 아니 골 수 없다. 어머니는 아버지와 딴판으로 퍽 귀여워한다. 아버지가 나무를 지고 확실히 간것을 알고서야 비로소 옥이는 일어나 어머니 곁으로 달려들어서 그 죽을 들이 퍼먹곤 하였다.

이러던 것이 그날은 유별나게 어느 때보다 일찍 일어났다. 덕희의 말을 빌리면 고 배라먹을 년이 그예 일을 저지르려고 새벽부터 일어나 재랄이었다. 하긴 재랄이 아니라 배가 몹시 고팠던 까닭이지만. 아버지의 숟가락질 소리를 들어가며 침을 삼키고 삼키고 몇 번을 그래봤으나 나중에는 더 참을 수가 없었다. 그렇다고 벌떡 일어앉자니 주먹이 무섭기도 하려니와 한편 넉적기도^{민망한 것} 을 모르고 뻔뻔스럽기도 한 노릇. 눈을 감은 채 이 궁리 저 궁리 하 였다. 다른 때도 좋으련만 왜 하필 아버지 죽 먹을 때 깨 게 되는지! 곯은 배는 그중에다 방바닥 냉기에 쑤시는지 저리는지 분간을 모른다. 아버지는 한 그릇을 다 먹고 아 마 더 먹는 모양. 죽을 옮겨 쏟는 소리가 주주룩 뚝뚝 하 고 만다. 이때 그만 정신이 번쩍 났다. 용기를 내었다. 바 른팔을 뒤로 돌리어 가장 뭐에나 물린 듯이 대구 급작스 리 응아 하고 소리를 내지른다. 그리고 비실비실 일어나 앉아서는 두 손등으로 눈을 비벼가며 우는 것이다. 아버 지는 이 꼴에 화를 벌컥 내었다. 손바닥으로 뒤통수를 딱 때리더니 이건 죽지도 않고 말썽이야 하고 썩 마뜩잖게 투덜거린다. 어머니를 향하여 저녁 아무것도 먹이지 말 고 오늘 종일 굶기라고 부탁이다. 들었는지 못 들었는지 어머니는 눈을 깔고 잠자코 있다. 아마 아버지가 두려워 서 아무 대꾸도 못 하는 모양. 딱 때리고 우니까 다시 딱 때리고 그럴 적마다 조그만 옥이는 마치 오뚝이 시늉으 로 모로 쓰러졌다는 다시 일어나 울고 울고 한다. 죽은 안 주고 때리기만 한다. 망할 새끼, 저만 처먹으려고, 얼 른 죽어버려라 염병할 자식. 모진 욕이 이렇게 입 끝까 지 제법 나왔으나 그러나 그러나 뚝 부릅뜬 그 눈. 감히 얼굴도 못 쳐다보고 이마를 두 손으로 받쳐 들고는 으 악 으악 울 뿐이다. 암만 울어도 소용은 없지만. 나뭇짐이 읍으로 들어간 다음에서야 비로소 겨우 운 보람이 있었다. 어머니는 힝하게 죽 한 그릇을 떠 들고 들어온다. 옥이는 대뜸 달려들었다. 왼쪽 소맷자락으로 눈의 눈물을 훔쳐가며 연상 퍼 넣는다. 깡좁쌀죽은 묽직한 국물이라 숟갈에 뜨이는 게 얼마 안 된다. 떠 넣으니 이것은 차라리 들고 마시는 것이 편하리라. 쉴 새 없이 숟가락은 열심껏 퍼 들인다. 어머니가 한 숟갈 뜰 동안이면 옥이는 두 숟갈 혹은 세 숟갈이 올라간다. 그래도 행여 밑질까 봐서 숟가락 빼는 어머니의 입을 가끔 쳐다보고 하였다. 반쯤 먹다 어머니는 슬며시 숟가락을 내려놓았다. 두 손을 다리 밑에 파묻고는 딸을 내려다보며 묵묵히 앉아 있다. 한 그릇 죽은 다 치웠건만 그래도 배가 고팠다. 어머니의 허리를 꾹꾹 찔러가며 졸라대인다.

요만한 어린아이에게는 먹는 것 지껄이는 것 이것밖에 더 큰 취미는 없다. 그리고 이것밖에 더 가진 재주도 없다. 옥이같이 혼자만 꽁하니 있을 뿐으로 동무들과 놀려지도 지껄이지도 않는 아이에 있어서는 먹는 편이 월등 발달되었고 결말에는 그 길로 한 오락을 삼는 것이다. 게다 일상 곯아만 온 그 배때기. 한 그릇 죽이면 넉넉히 양도 찼으련만 애는 그걸 모른다. 다만 배는 늘 고프려니 하는 막연한 의식밖에는. 이번 일이 벌어진 것은 즉 여기서 시작되었다. 두 시간이나 넘어 꼬박이 울었다마는 어머니는 아무 대답도 없었다. 배가 아프다고 쓰러지

더니 아이구 아이구 하고는 신음만 할 뿐이다. 냉병으로
하여 이따금 이렇게 앓는다. 옥이는 가망이 아주 없는 걸
알고 일어나서 방문을 열었다. 눈이 첩첩이 쌓이고 눈이
부신다. 윙윙 하고 봉당으로 몰리는 눈송이. 다르르 떨면
서 마당으로 내려간다. 북편 벽 밑으로 솥은 걸렸다. 뚜
껑이 열린다. 아닌 게 아니라 어머니 말대로 죽커녕 네미
나 찢어먹어라, 다. 그러나 얼른 눈에 띄는 것이 솥바닥
에 얼어붙은 두 개의 시래기 줄기 그놈을 손톱으로 뜯어
서 입에 넣고는 씹어본다. 제걱제걱 얼음 씹히는 그 맛밖
에는 아무 맛이 없다. 솥을 도로 덮고 허리를 펴려 할 제
얼른 묘한 생각이 떠오른다. 옥이는 사방을 도릿거려 본
다음 봉당으로 올라서서 개똥네 방 문구멍에다 눈을 들
이대인다.

개똥어머니가 옥이를 눈엣가시같이 미워하는 그 원
인이 즉 여기다. 정말인지 거짓말인지 자세히는 모르나
말인즉 그년이 우리 식구만 없으면 밤이고 낮이고 할 것
없이 어느 틈엔가 들어와서는 세간을 모조리 집어간다
우, 하고 여우 같은 년, 골방쥐 같은 년, 도적년, 뭣해 욕
을 늘어놓을 제 나는 그가 옥이를 끝없이 미워하는 걸 얼
른 알 수 있었다. 그러나 세간을 집어냈느니 뭐니 하는
건 아마 멀쩡한 거짓말일 게고. 이날도 잿간에서 뒤를 보
며 벽 틈으로 내다보자니까 그년이 날감자 둘을 한 손에
하나씩 두렁이 속에다 감추고는 방에서 슬며시 나오는

걸 보았다는 이것만은 사실이다. 오죽 분하고 급해야 밑도 씻을 새 없이 그대로 뛰어나왔으랴. 소리를 질러서 혼을 내고는 싶었으나 제 에미가 또 방에서 끙끙거리고 앓는 게 안되어서 그냥 눈만 잔뜩 흘겨주니까 그년이 대뜸 얼굴이 발개지더니 얼마 후에 감자 둘을 자기 발 앞에다 내던지고는 깜찍스럽게 뒷짐을 지고 바깥으로 나가더란다. 하지만 이것은 나의 이야기에 아무 상관이 없는 것이다. 오직 옥이가 개똥네 방엘 왜 들어갔었을까 그 까닭만 말하여두면 고만이다. 이 집이 먼저 개똥네 집이라 하였으나 그런 것이 아니라 실상은 요 개울 건너 도삿댁 소유이고 개똥어머니는 말하자면 그 댁의 대대로 내려오는 씨종이었다. 그래 그 댁 집에 들고 그 댁 땅을 부쳐 먹고 그 댁 세력에 살고 하는 덕으로 개똥어머니는 가끔 상전댁에 가서 빨래도 하고 다듬이도 하고 또는 큰일 때는 음식을 맡아보기도 하고 해서 맛 좋은 음식을 뻔찔 몰아들인다. 나릿댁 생신이 오늘인 것을 알고 그년이 음식을 뒤져 먹으러 들어왔다가 없으니까 감자라도 먹을 양으로 하고 지껄이던 개똥어머니의 추측이 조금도 틀리지는 않았다. 마을에 먹을 거 났다 하면 이 옥이만치 잽싸게 먼저 알기는 좀 어려우리라. 그러나 옥이가 개똥어머니만 따라가면 밥이고 떡이고 좀 얻어주려니 하고 앙큼한 생각으로 살랑살랑 따라왔다고는 하지만 그것은 옥이를 무시하는 소리에 지나지 않는다.

옥이가 뒷짐을 딱 짚고 개똥어머니의 뒤를 따를 제 아무 계획도 없었다. 방엘 들어가자니 어머니가 아프다고 짜증만 내고 싸리문 밖에서 섰자니 춥고 떨리긴 하고. 그렇다고 나들이를 좀 가보자니 갈 곳이 없다. 그래 멀거니 떨고 섰다가 개똥어머니가 개울 길로 가는 걸 보고는 이게 저 갈 길이나 아닌가 하고 대선^{바짝 가까이 서거나 뒤를 잇대어 서} 그뿐이었다. 이때 무슨 생각이 있었다면 그것은 이 새끼가 얼른 와야 죽을 쒀 먹을 텐데 하고 아버지에게 대한 미움과 간원이 뒤섞인 초조이었다. 그 증거로 옥이는 도삿댁 문간에서 개똥어머니를 놓치고는 혼자 우두커니 떨어졌다. 이제는 또 갈 데가 없게 되었으니 이럴까 저럴까 다시 망설인다. 그러나 결심을 한 것은 이 순간의 일이다. 옥이는 과연 중문 안으로 대담히 들어섰다. 새로운 희망, 아니 혹은 맛있는 음식을 쭉쭉거리는 그 입들이나마 한번 구경하고자 한 걸지도 모른다. 시선을 이리저리로 둘러 가며 주볏주볏 우선 부엌으로 향하였다. 그 태도는 마치 개똥어머니에게 무슨 급히 전할 말이 있어 온 양이나 싶다. 부엌에는 어중이떠중이 동네 계집은 얼추 모인 셈이다. 고깃국에 밥 마는 사람에 찰떡을 썹는 사람! 이쪽에서 북어를 뜯으면 저기는 투정하는 자식을 주먹으로 때려가며 누룽지를 혼자만 쩍쩍거린다. 부엌문으로 불쑥 디미는 옥이의 대가리를 보더니 저런 여우 년, 밥주머니 왔니. 냄새는 잘도 맡는다. 이렇게들 제

각기 욕 한마디씩. 그러고는 까닭 없이 깔깔대인다. 옥이
네는 이 댁의 종도 아니요 작인도 아니다. 물론 여기에
들어와 맛 좋은 음식 벌어진 이 판에 한 다리 뻗을 자격
이 없다마는 남이야 욕을 하건 말건 옥이는 한구석에 잠
자코 시름없이 서 있다. 이놈을 바라보고 침 한번 삼키고
저놈을 바라보고 침 한 번 삼키고. 마침 이때 작은아씨가
내려왔다. 옥이 왔니, 하고 반기더니 왜 어멈들만 먹느냐
고 계집들을 나무란다. 그리고 옆에 섰는 개똥어멈에게
얘가 얼마든지 먹는단 애유 하고 옥이를 가리키매 그 대
답은 다만 싱글싱글 웃을 뿐이다. 작은아씨도 따라 웃었
다. 노랑 저고리 남치마 열 서넛밖에 안 된 어여쁜 작은
아씨. 손수 솥뚜껑을 열더니 큰 대접에 국을 뜨고 거기에
다 하얀 이밥을 말아 수저까지 꽂아준다. 옥이는 황급히
얼른 잡아채었다. 이밥, 이밥. 그 분량은 어른이 한때 먹
어도 양은 좋이 차리라. 이것을 옥이가 배 속에 집어넣은
시간을 따져본다면 고작 칠팔 분밖에는 더 허비치 않았
다. 고기 우러난 국 맛은 입에 달았다. 잘 먹는다, 잘 먹
는다, 하고 옆에서들 추어주는 칭찬은 또한 귀에 달았다.
양쪽으로 신바람이 올라서 곁도 안 돌아보고 막 퍼 넣
은 것이다. 계집들은 깔깔거리고 소곤거리고 하였다. 그
러다 눈을 크게 뜨고 서로들 맞쳐다 볼 때에는 한 그릇
을 다 먹고 배가 불러서 옹크리고 앉은 채 뒤로 털썩 주
저앉는 옥이를 보았다. 엇다 태워 먹었는지 군데군데 뚫

어진 검정 두렁치마. 그나마도 폭이 좁아서 볼기짝은 통째 나왔다. 머리칼은 가시덤불같이 흩어져 어깨를 덮고 이 꼴로 배가 불러서 식식거리며 떠는 것이다. 그래도 속은 고픈지 대접 밑바닥을 닥닥 긁고 있으니 작은아씨는 생긋이 웃더니 그 손을 이끌고 마루로 올라간다. 날이 몹시 추워서 마루에는 아무도 없었다. 찬장 앞으로 가더니 손뼉만 한 시루팥떡이 나온다. 받아들고는 또 널름 집어치웠다. 곧 뒤이어 다시 팥떡이 나왔다. 그러나 이번에는 옥이는 손도 아니 내밀고 무언으로 거절하였다. 왜냐하면 이때 옥이의 배는 최대한도로 늘어났고 거반 바람 넣은 풋볼만치나 가죽이 탱탱하였다. 그것이 앞으로 늘다 못하여 마침내 옆구리로 퍼져서 잘 움직이지도 못하고 숨도 어깨를 치올려 식식하는 것이다. 아마 음식은 목구멍까지 꽉 찼으리라. 여기에 이상한 것이 하나 있다. 역시 떡이 나오는데 본즉 이것은 팥떡이 아니라 밤 대추가 여기저기 삐져나온 백설기. 한번 덥석 물어 떼이면 입안에서 그대로 스르르 녹을 듯싶다. 너 이것도 싫으냐 하니까 옥이는 좋다는 뜻으로 얼른 손을 내밀었다. 대체 이걸 어떻게 먹었을까. 그 공기만한 떡 덩어리를. 물론 용감히 먹기 시작하였다. 처음에는 빨리 먹었다. 중간에는 천천히 먹었다. 그러다 이내 다 먹지 못하고 반쯤 남겨서는 작은아씨에게 도로 내주고 모로 고개를 돌렸다. 옥이가 그 배에다 백설기를 먹은 것도 기적이려니와 또한 먹다 내놓는 이것이 기적이라 안 할 수 없다. 하기는 가슴속에서 떡이 목구멍으로 바짝 치뻗치는 바람에 못 먹기도 한 거지만. 여기다가 더 넣을 수가 있다면 그것은 다만 입안이 남았을 뿐이다. 그러면 그다음 꿀 바른 주왁^{주왁. 웃기떡의하나} 두 개는 어떻게 먹었을까. 상식으로는 좀 판단키 어려운 일이다. 하여간 너 이것은? 하고 주왁이 나왔을 때 옥이는 조금도 서슴지 않고 받았다. 그리고 한 놈을 손끝으로 집어서 그 꿀을 쪽쪽 빨더니 입속에 집어넣었다. 그 꿀을 한참 오기오기 씹다가 꿀떡 삼켜본다. 가슴만 뜨끔할 뿐 즉시 떡은 도로 넘어온다. 다시 씹는다. 어깨와 머리를 앞으로 꾸부리어 용을 쓰며 또 한 번 꿀떡 삼켜본다. 이것은 도시 사람의 일로는 생각되지 않는다. 허나 주의할 것은 일상 곯아만 온 굶주린 창자의 착각이다. 배가 불렀는지 혹은 곯았는지 하는 건 이때의 문제가 아니다. 한갓 자꾸 먹어야 된다는 걸삼스러운 탐욕이 옥이 자신도 모르게 활동하였고 또는 옥이는 제가 먹고 싶은 걸 무엇무엇 알았을 그뿐이었다. 거기다 맛깔스러운 그 떡맛. 생전 맛 못 보던 그 미각을 한번 즐겨보고자 기를 쓴 노력이다. 만약 이 떡의 순서가 주왁이 먼저 나오고 백설기, 팥떡, 이렇게 나왔다면 옥이는 주왁만으로 만족했을지 모른다. 그리고 백설기, 팥떡은 단연 아니 먹었을 것이다. 너는 보도 못 하고 어떻게 그리 남의 일을 잘 아느냐 그러면 그 장면을 목도한 개똥어머니에게 좀 설명하여 받기로 하자. 아참, 그년 되우는 먹읍디다. 그 밥 한 그릇을 다 먹고 그래 떡을 또 먹어유. 그게 배때기지유. 주왁 먹을 제 나는 인제 죽나 부다 그랬슈. 물 한 모금 안 처먹고 꼬기꼬기 씹어서 꼴딱 삼키는데 아 눈을 요렇게 뒵쓰고 꼴딱 삼킵디다. 온 이게 사람이야 나는 간이 콩알만 했지유, 꼭 죽는 줄 알고. 추워서 달달 떨고 섰는 꼴하고 참 깜찍해서 내가 다 소름이 쪼옥 끼칩디다. 이걸 가만히 듣다가 그럼 왜 말리진 못했느냐고 탄하니까 제가 일부러 먹이기도 할 텐데 그렇게는 못 하나마 배고파 먹는 걸 무슨 혐의로 못 먹게 하겠느냐고 되레 성을 발끈 내인다. 그러나 요건 빨간 거짓말이다. 저도 다른 계집 마찬가지로 마루 끝에 서서 잘 먹는다 잘 먹는다 이렇게 여러 번 칭찬하고 깔깔대고 했었음에 틀림없을 게다.

옥이의 이 봉변은 여지껏 동리의 한 이야깃거리가 되어 있다. 할 일이 없으면 계집들은 몰려 앉아서 그때의 일을 찧고 까불고 서로 떠들어대인다. 그리고 옥이가 마땅히 죽어야 할 걸 그대로 살아난 것이 퍽이나 이상한 모양 같다. 딴은 사날이나 먹지를 못하고 몸이 끓어서 펄펄 뛰며 앓을 만치 옥이는 그렇게 혼이 났던 것이다. 하지만 처음부터 짜장 가슴을 죄인 것은 그래도 옥이 어머니 하나뿐이었다. 아파서 드러누웠다 방으로 들어오는 옥이를 보고 그만 벌떡 일어났다. 마침 왜 배가 이 모양이냐 물으니 대답은 없고 옥이는 가만히 방바닥에 가 눕

○   20

더란다. 그 배를 건드리지 않도록 반듯이 눕는데 아구 배야 소리를 복고개가 터지라고 내지르며 냉골에서 이리 데굴 저리 데굴 구르며 혼자 법석이다. 그러나 뺨 위로 먹은 것을 꼬약꼬약 도르고는^{먹은 것을 게우고는} 필경 까무러쳤으리라. 얼굴이 해쓱해지며 사지가 축 늘어져 버린다. 이 서슬에 어머니는 거의 표현대로 하늘이 무너지는 듯 깜깜하였다. 그는 딸을 붙들고 자기도 어이구머니 하고 울음을 놓고 이를 어째 이를 어째, 몇 번 그래 소리를 치다가 아무도 돌봐주러 오는 사람이 없으니까 허겁지겁 곤두박질을 하여 밖으로 뛰어나왔다. 그의 생각에 이 급증을 돌리려면 점쟁이를 불러 경을 읽을 수밖에 다른 도리가 없을 듯싶어서이다. 물론 대낮부터 북을 두드려가며 경을 읽기 시작하였다. 점쟁이의 말을 들어보면 과식했다고 죄다 이럴래서는 살 사람이 없지 않으냐고. 이것은 음식에서 난 병이 아니라 늘 따르던 동자 상문^{잡귀의 하나}이 어쩌다 접해서 일테면 귀신의 놀음이라는 해석이었다. 그렇다면 내가 생각건대 옥이가 도삿댁 문전에 나왔을 제 혹 귀신이 접했는지도 모른다. 왜냐 그러면 옥이는 문 앞 언덕을 내리다 고만 눈 위로 낙상을 해서 곧 한참을 꼼짝 않고 그대로 누웠었다. 그만치 몸의 자유를 잃었다. 다시 일어나 눈을 몇 번 털고는 걸어보았다. 다리는 천근인지 한번 딛으면 다시 떼기가 쉽지 않다. 눈까풀은 뻑뻑거리고 게다 선하품은 자꾸 터지고, 어깨를 치올리어 여전히 식식거리며 눈 속을 이렇게 조심조심 걸어간다. 삐꿋만 하였다가는 배가 터진다. 아니 정말은 배가 터지는 그 염려보다 우선 배가 아파서 삐꿋도 못 할 형편. 과연 옥이의 배는 동네 계집들 말마따나 헐없이 애 밴 사람의, 그것도 만삭된 이의 괴로운 배 그것이었다. 개울 길을 내려오자 우물이 눈에 띄자 얘는 갑작스리 조갈을 느꼈다. 엎드리어 바가지로 한 모금 꿀꺽 삼켜본다. 이와 목구멍이 다만 잠깐 저렸을 뿐 물은 곧바로 다시 넘어온다. 그뿐 아니라 뒤를 이어서 떡이 꾸역꾸역 쏟아진다. 잘 씹지 않고 얼김에 삼킨 떡이라 삭지 못한 그대로 덩어리 덩어리 넘어온다. 우물 전 얼음 위에는 삽시간에 떡이 한 무더기. 옥이는 다시 눈 위에 기운 없이 쓰러지고 말았다. 이러던 애가 어떻게 제집엘 왔을까 생각하면 여간 큰 노력이 아니요 참 장한 모험이라 안 할 수 없는 일이다.

내가 옥이네 집엘 찾아간 것은 이때 썩 지나서다. 해넘이의 바람은 차고 몹시 떨렸으나 옥이에 대한 소문이 흉하므로 퍽 궁금하였다. 허둥거리며 방문을 펄떡 열어보니 어머니는 딸 머리맡에서 무르팍에 눈을 비벼가며 여지껏 훌쩍거리고 앉았다. 냉병은 아주 가셨는지 노냥 노랗게 고민하던 그 상이 지금은 불콰하니 눈물이 흐른다. 그리고 놈은 쭈그리고 앉아서 나를 보고도 인사도 없다. 팔짱을 떡 지르고는 맞은 벽을 뚫어보며 무슨 결끼나 먹은 듯이 바로 위엄을 보이고 있다. 오늘은 일찍

○

나온 것을 보면 나무도 잘 판 모양. 얼마 후 놈은 옆으로 고개를 돌리더니 여보게 참말 죽지는 않겠나 하고 물으니까 봉구는 눈을 끔벅끔벅하더니 죽기는 왜 죽어, 한나절토록 경을 읽었는데 하고 자신이 있는 듯 없는 듯 얼치기 대답이다. 제 딴은 경을 읽기는 했건만 조금도 효험이 없으매 저로도 의아한 모양이다. 이 봉구란 놈은 번시가 날탕이다. 계집에 노름에 혹하는 그 수단은 당할 사람이 없고 또 이것도 재주랄지 못 하는 게 별반 없다. 농사로부터 노름질, 침 주기, 점치기, 지우질, 심지어 도적질까지. 경을 읽을 때에는 눈을 감고 중얼거리는 것이 바로 장님이 왔고 투전장을 뽑을 때에는 눈깔이 밝기가 부엉이 같다.

그렇건만 뭘 믿는지 마을에서 병이 나거나 일이 나거나 툭하면 이놈을 불러대는 게 버릇이 되었다. 이까진 놈이 점을 친다면 참이지 나는 용 뿔을 빼겠다. 덕희가 눈을 찌긋하고 소금을 더 좀 먹여볼까 하고 물을 제 나는 그 대답은 않고 경은 무슨 경을 읽는다고 그래. 건방지게 그 사관(四關)이나 좀 틀게나 하고 낯을 붉히며 봉구에게 소리를 빽 질렀다. 왜냐면 지금은 경이니 소금이니 할 때가 아니다. 아이를 포대기를 덮어서 뉘었는데 그 얼굴이 노랗게 질렸고 눈을 감은 채 가끔 다르르 떨고 하는 것이다. 그리고 입으로는 아직도 게거품을 섞어 밥풀이 꼴깍꼴깍 넘어온다. 손까지 싸느렇고 핏기는 멎었다.

시방 생각하면 이때 죽었을 걸 혹 사관으로 살았는지도 모른다. 내가 서두는 바람에 봉구는 주머니 속에서 조그만 대통을 꺼냈다. 또 그 속에서 녹슨 침 하나를 꺼내더니 입에다 한번 쭉 빨고는 쥐가 뜯어 먹은 듯한 칼라 머리에다 쓱쓱 문지른다. 바른손을 논 다음 왼손 엄지손가락으로 침이 또 들어갈 때에서야 비로소 옥이는 정신이 나나 보다. 으악 소리를 지르며 잠깐 놀란다. 그와 동시에 푸드득 하고 포대기 속으로 똥을 갈겼다. 덕희는 이걸 빤히 바라보고 있더니 골피를 접으며 이 배라먹을 년, 웬 걸 그렇게 처먹고 이 지랄이야, 하고는 욕을 오랄지게 퍼붓는다. 그러나 나는 그 속을 빤히 보았다. 저와 같이 먹다가 이렇게 되었다면 아마 이토록은 노엽지 않았으리라. 그 귀한 음식을 돌르도록 처먹고도 애비 한쪽 갖다줄 생각을 못 한 딸이 지극히 미웠다. 고년 고래 싸. 웬 떡을 배가 터지도록 처먹었담, 하고 입을 삐죽대는 그 낯짝에 시기와 증오가 역력히 나타난다. 사실로 말하자면 이런 경우에는 저도 반드시 옥이와 같이 했으련만. 아니 놈은 꿀 바른 주왁을 다 먹고도 또 막걸리를 준다면 물다 뱉는 한이 있더라도 어쨌든 덥석 물었으리라 생각하고는 나는 그 얼굴을 다시 한번 처다보았다.

— 〈중앙〉, 1935. 6.

만무방

산골에, 가을은 무르녹았다.

아람드리 노송은 빽빽이 늘어 박혔다. 무거운 송낙
_{예전에 여승이 쓰던 모자}을 머리에 쓰고 건들건들. 새새이 끼인 도
토리, 벚, 돌배, 갈잎 들은 울긋불긋. 잔디를 적시며 맑은
샘이 쫄쫄거린다. 산토끼 두 놈은 한가로이 마주 앉아 그
물을 할짝거리고. 이따금 정신이 나는 듯 가랑잎은 부수
수, 하고 떨린다. 산산한 산들바람. 귀여운 들국화는 그
품에 새뜩새뜩 넌논다. 흙내와 함께 향긋한 땅김이 코를
찌른다. 요놈은 싸리버섯, 요놈은 잎 썩은 내 또 요놈은
송이—아니, 아니 가시넝쿨 속에 숨은 박하풀 냄새로군.

응칠이는 뒷짐을 딱 지고 어정어정 노닌다. 유유히 다리를 옮겨놓으며 이 나무 저 나무 사이로 호아든다 _{똑바로 다니지 않고 이쪽저쪽으로 왔다 갔다 하면서 드나든다}. 코는 공중에서 벌렸다 오므렸다, 연실 이러며 훅, 훅. 구붓한 한 송목 밑에 이르자 그는 발을 멈춘다. 이번에는 지면에 코를 얕이 갖다 대고 한 바퀴 비잉, 나물 끼고 돌았다.

'―아 하, 요놈이로군!'

썩은 솔잎에 덮이어 흙이 봉곳이 돋아 올랐다.

그는 손가락을 꾸짖으며 정성스레 살살 헤쳐본다. 과연 귀여운 송이. 망할 녀석, 조금만 더 나오지. 그걸 뚝 따 들곤, 뒷짐을 지고 다시 어실렁어실렁. 가끔 선하품은 터진다. 그럴 적마다 두 팔을 떡 벌리곤 먼 하늘을 바라보고 늘어지게도 기지개를 늘인다.

때는 한창 바쁠 추수 때이다. 농군치고 송이 파적^심_{심풀이} 나올 놈은 생겨나도 않았으리라. 하나 그는 꼭 해야만 할 일이 없었다. 싫으면 하고 말면 말고 그저 그뿐. 그러함에는 먹을 것이 더럭 있느냐면 있기커녕 부쳐먹을 농토조차 없는, 계집도 없고 집도 없고 자식 없고. 방은 있대야 남의 곁방이요 잠은 새우잠이요. 하지만 오늘 아침만 해도 한 친구가 찾아와서 벼를 털 텐데 일 좀 와 해달라는 걸 마다하였다. 몇 푼 바람에 그까짓 걸 누가 하느냐. 보다는 송이가 좋았다. 왜냐면 이 땅 삼천리강산에 늘여놓인 곡식이 말쩡 누 거람. 먼저 먹는 놈이 임자 아니야. 먹다 걸릴 만치 그토록 양식을 쌓아두고 일이 다 무슨 난장맞을 일이람. 걸리지 않도록 먹을 궁리나 할 게지. 하기는 그도 한 세 번이나 걸려서 구메밥_{예전에 옥에 갇힌 죄수에게 벽 구멍으로 몰래 들여보내던 밥}으로 사관을 틀었다. 마는 결국 제 밥상 위에 올라앉은 제 몫도 자칫하면 먹다 걸리긴 매일반—

올라갈수록 덤불은 욱었다. 머루며 다래, 칡, 게다 이름 모를 잡초. 이것들이 위아래로 이리저리 서리어 좀체 길을 내지 않는다. 그는 잔딧길로만 돌았다. 넓적다리가 벌쭉이는 찢어진 고이 자락을 아끼며 조심조심 사려 딛는다. 손에는 칡으로 엮어 든 일곱 개 송이. 늙은 소나무마다 가선 두리번거린다. 사냥개 모양으로 코로 쿡, 쿡, 내를 한다. 이것도 송이 같고 저것도 송이. 어떤 게 알짜 송이인지 분간을 모른다. 토끼똥이 소보록한데 갈 잎이 한 잎 뚝 떨어졌다. 그 잎을 살며시 들어보니 송이 대구리가 불쑥 올라왔다. 매우 큰 송이인 듯. 그는 반색하여 그 앞에 무릎을 털썩 꿇었다. 그리고 그 위에 두 손을 내들며 열 손가락을 다 펴들었다. 가만가만히 살살 흙을 헤쳐본다. 주먹만 한 송이가 나타난다. 얘 이놈 크구나. 손바닥 위에 따 올려놓고는 한참 들여다보며 싱글벙글한다. 우중충한 구석으로 바위는 벽같이 깎아질렀다. 그 중턱을 얽어나간 칡잎에서는 물이 쪼록쪼록, 흘러내린다. 인삼이 썩어 내리는 약수라 한다. 그는 돌 위에 걸터앉으며 또 한 번 하품을 하였다. 간밤 쓸데없는 노름에 밤을 팬 것이 몹시 나른하였다. 다사로운 햇발이 숲을 새어든다. 다람쥐가 솔방울을 떨어치며. 어여쁜 할 미새는 앞에서 알씬거리고. 동리에서는 타작을 하느라고 와글거린다. 흥겨워 외치는 목성, 그걸 엎누르고 공중에 응, 응, 진동하는 벼 터는 기계 소리. 맞은쪽 산속에서 어린 목동들의 노래는 처량히 울려온다. 산속에 묻힌 마을의 전경을 멀리 바라보다가 그는 눈을 찌긋하며 다시 한번 하품을 뽑는다. 이 웬 놈의 하품일까. 생각해보니 어제저녁부터 여지껏 창주^{°창자'의 방언}가 곱립던 것이다. 불현듯 송이 꾸럼에서 그중 크고 먹음직한 놈을 하나 뽑아 들었다.

응칠이는 그 송이를 물에 써억써억 비벼서는 떡 벌어진 대구리부터 걸쌈스레^{°걸쌍스레. 먹음새가 좋아 탐스러운 데가 있게} 덥석 물어 떼었다. 그리고 넓죽한 입이 움질움질 씹는다. 혀가 녹을 듯이 만질만질하고 향기로운 그 맛. 이렇게 훌륭한 놈을 입맛만 다시고 못 먹다니. 문득 옛 추억이 혀 끝에 뱅뱅 돈다. 이놈을 맛보는 것도 참 근자의 일이다. 감불생심이지 어디 냄새나 똑똑히 맡아보리. 산속으로 쏘다니다 백판 못 따기도 하려니와 더러 딴다는 놈은 행여 상할까 봐 손도 못 대게 하고 집에 내려다 모고 모고 하는 것이다. 그러나 요행히 한 꾸럼이 차면 금시로 장에 가져다 판다. 이틀 사흘씩 공때린 거로되 잘하면 사십 전 못 받으면 이십오 전. 저녁거리를 기다리는 아내를 생각하며 좁쌀 서너 되를 손에 사 들고 어두운 고개치를 터덜터덜 올라오는 건 좋으나 이 신세를 뭐에 쓰나, 하고 보면 을프냥궂기가 짝이 없겠고—이까짓 걸 못 먹어 그래 홧김에 또 한 놈을 뽑아 들고 이번엔 물에 흙도 씻을 새 없이 그대로 텁석거린다. 그러나 다른 놈들도 별수 없으렷다. 이 산골이 송이의 본고향이로되 아마 일 년에 한 개조차 먹는 놈이 드물리라.

'—흠, 썩어진 두상들!'

그는 폭넓은 얼굴을 이그리며 남이나 들으란 듯이 이렇게 비웃는다. 썩었다, 함은 데생겼다 모멸하는 그의 언투이었다. 먹다 나머지 송이 꽁댕이를 바로 자랑스러이 입에다 치트리곤 트림을 섞어가며 우물거린다.

송이가 두 개가 들어가니 인제는 더 먹을 재미가 없다. 뭔가 좀 든든한 걸 먹었으면 좋겠는데. 떡, 국수, 말고기, 개고기, 돼지고기, 그렇지 않으면 쇠고기냐. 아따 궁한 판이니 아무거나 있으면 속중으로 여러 가질 먹으며 시름없이 앉았다. 그는 눈꼴이 슬그머니 돌아간다. 웬 놈의 닭인지 암탉 한 마리가 조 아래 무덤 앞에서 뺑뺑 맨다. 골골거리며 감도는 걸 보매 아마 알자리를 보는 맥이라. 그는 돌에서 궁뎅이를 들었다. 낮은 하늘로 외면하여 못 본 척하고 닭을 향하여 저켠으로 널찍이 돌아내린다. 그러나 무덤까지 왔을 때 몸을 돌리며

"후, 후, 후, 이 자식이 어딜 가 후—."

두 팔을 벌리고 쫓아간다. 산꼭대기로 치모니 닭은 하둥지둥 갈 길을 모른다. 요리 매낀 조리 매낀, 꼬꼬댁거리며 속만 태울 뿐. 그러나 바위틈에 끼어 왈살스러운 그 주먹에 모가지가 둘로 나기에는 불과 몇 분 못 걸렸다.

그는 으슥한 숲속으로 찾아들었다. 닭의 껍질을 홀랑 까고서 두 다리를 들고 찢으니 배창이 옆구리로 꿰진다. 그놈을 긁어 뽑아서 껍질과 한데 뭉치어 흙에 묻어버린다.

고기가 생기고 보니 연하여 나느니 막걸리 생각. 이걸 부글부글 끓여놓고 한 사발 떡 켰으면 똑 좋을 텐데 제—기. 응칠이의 고기는 어디 떨어졌는지 술집까지 못 가는 고기였다. 아무러나 고기 먹고 술 먹고 거꾸론 못 먹느냐. 그는 닭의 가슴패기를 입에 뒤려내고 쭉 찢어가며 먹기 시작한다. 쫄깃쫄깃한 놈이 제법 맛이 들었다. 가슴을 먹고 넓적다리 볼기짝을 먹고 거반 반쪽을 다 해내고 나니 어쩐지 맛이 좀 적었다. 결국 음식이란 양념을 해야 하는군.

수풀 속으로 그냥 내던지고 그는 설렁설렁 내려온다. 솔숲을 빠져 화전께로 내리려 할 제 별안간 등 뒤에서

"여보게 거 응칠이 아닌가."

고개를 돌려보니 대장간 하는 성팔이가 작달막한 체수에 들갑작거리며 고개를 넘어온다. 그런데 무슨 긴

한 일이나 있는지 부리나케 달려들더니

"자네 응고개 논의 벼 없어진 거 아나?"

응칠이는 고만 가슴이 덜컥 내려앉았다. 이 바쁜 때 농군의 몸으로 응고개까지 앨 써 갈 놈도 없으려니와 또 한 하필 절 보고 벼의 없어짐을 말하는 것이 여간 심상 치 않은 일이었다.

잡담 제하고 응칠이는

"자넨 어째서 응고개까지 갔든가?"

하고 대담스레도 그 눈을 쏘아보았다. 그러나 성팔이는 조금도 겁먹은 기색 없이

"아 어쩌다 지났지 뭘 그래."

하며 도리어 얼레발을 치고 덤비는 수작이다. 고얀 놈, 응칠이는 입때 다녀야 동무를 팔아 배를 채우는 그런 비 열한 짓은 안 한다. 낯을 붉히자 눈에 물이 보이며

"어쩌다 지났다?"

응칠이가 이 동리에 들어온 것은 어느덧 달이 넘었 다. 인제는 물릴 때도 되었고 좀 떠보고자 생각은 간절하 나 아우의 일로 말미암아 망설거리는 중이었다.

그는 오라는 데는 없어도 갈 데는 많았다. 산으로 들로 해변으로 발부리 놓이는 곳이 즉 가는 곳이었다.

그러나 저물면은 그대로 쓰러진다. 남의 방앗간이 고 헛간이고 혹은 강가, 시새장^{모래밭}. 물론 수가 좋으면 괴 때기 위에서 밤을 편히 잘 적도 있었다. 이렇게 하여 강

원도 어수룩한 산골로 이리 넘고 저리 넘고 못 간 데 별로 없이 유람 겸 편답하였다.

그는 한구석에 머물러 있음은 가슴이 답답할 만치 되우 괴로웠다.

그렇다고 응칠이가 번시라 역마직성驛馬直星. 늘 분주하게 이리저리 떠돌아다니는 사람을 이르는 말이냐 하면 그런 것도 아니다. 그도 오 년 전에는 사랑하는 아내가 있었고 아들이 있었고 집도 있었고 그때야 어딜 하루라도 집을 떨어져 보았으랴. 밤마다 아내와 마주 앉으면 어찌하면 이 살림이 좀 늘어볼까 불어볼까, 애간장을 태우며 같은 궁리를 되하고 되하였다. 마는 별 뾰족한 수는 없었다. 농사는 열심으로 하는 것 같은데 알고 보면 남는 건 겨우 남의 빚뿐. 이러다가는 결말엔 봉변을 면치 못할 것이다. 하루는 밤이 깊어서 코를 골며 자는 아내를 깨웠다. 밖에 나아가 우리의 세간이 몇 개나 되는지 세어보라 하였다. 그리고 저는 벼루에 먹을 갈아 붓에 찍어 들었다. 벽에 바른 신문지는 누렇게 꺼렀다. 그 위에다 아내가 불러주는 물목대로 일일이 내려 적었다. 독이 세 개, 호미가 둘, 낫이 하나로부터 밥사발, 젓가락 집이 석 단까지 그담에는 제가 빚을 얻어온 데, 그 사람들의 이름을 쪽 적어놓았다. 금액은 제각기 그 아래다 달아놓고. 그 옆으론 조금 사이를 떼어 역시 조선문으로 나의 소유는 이것밖에 없노라. 나는 오십사 원을 갚을 길이 없으매 죄진 몸이라 도망하니 그대들은 아예 싸울 게 아니겠고 서로 의논하여 억울치 않도록 분배하여가기 바라노라 하는 의미의 성명서를 벽에 남기자 안으로 문들을 걸어 닫고 울타리 밑구멍으로 세 식구 빠져나왔다.

이것이 응칠이가 팔자를 고치던 첫날이었다.

그들 부부는 돌아다니며 밥을 빌었다. 아내가 빌어다 남편에게, 남편이 빌어다 아내에게. 그러자 어느 날 밤 아내의 얼굴이 썩 슬픈 빛이었다. 눈보라는 살을 여인다. 다 쓰러져가는 물방앗간 한구석에서 섬을 두르고 언내에게 젖을 먹이며 떨고 있더니 여보게유, 하고 고개를 돌린다. 왜, 하니까 그 말이 이러다간 우리도 고생일뿐더러 첫때 언내를 잡겠수, 그러니 서루 갈립시다 하는 것이다. 하긴 그럴 법한 말이다. 쥐뿔도 없는 것들이 붙어단긴댔자 별수는 없다. 그보담은 서로 갈리어 제 맘대로 빌어먹는 것이 오히려 가뜬하리라. 그는 선뜻 응낙하였다. 아내의 말대로 개가를 해 가서 젖먹이나 잘 키우고 몸성히 있으면 혹 연분이 닿아 다시 만날지도 모르니깐 마지막으로 아내와 같이 땅바닥에 나란히 누워 하룻밤을 떨고 나서 날이 훤해지자 그는 툭툭 털고 일어섰다.

매팔자_{빈들빈들 놀면서도 먹고사는 걱정이 없는 경우를 이르는 말}란 응칠이의 팔자이겠다.

그는 버젓이 게트림으로 길을 걸어야 걸릴 것은 하나도 없다. 논맬 걱정도, 호포 바칠 걱정도, 빚 갚을 걱정,

아내 걱정, 또는 굶을 걱정도. 호동가란히 걱정거리 따위를 모두 잊고 편안하게 털고 나서니 팔자 중에는 아주 상팔자다. 먹고만 싶으면 도야지구, 닭이구, 개구, 언제나 옆을 떠날 새 없겠지 그리고 돈, 돈도—.

그러나 주재소는 그를 노려보았다. 툭하면 오라, 가라, 하는데 학질이었다. 어느 동리고 가 있다가 불행히 일만 나면 누구보다도 그부터 붙들려 간다. 왜냐면 그는 전과 사범이었다. 처음에는 도박으로 다음엔 절도로, 또 고담에도 절도로, 절도로—.

그러나 이번 멀리 아우를 방문함은 생활이 궁하여 근대려 몹시 성가시게 왔다거나 혹은 일을 해보러 온 것은 결코 아니었다. 혈족이라곤 단 하나의 동생이요 또한 오래 못 본 지라 때 없이 그리웠다. 그래 모처럼 찾아온 것이 뜻 밖에 덜컥 일을 만났다.

지금까지 논의 벼가 서 있다면 그것은 성한 사람의 짓이라 안 할 것이다.

응오는 응고개 논의 벼를 여태 베지 않았다. 물론 응오가 베어야 할 것이나 누가 듣던지 그 형 응칠이를 먼저 의심하리라. 그럼 여기에 따르는 모든 책임을 응칠이가 혼자 지지 않으면 안 될 것이다.

응오는 진실한 농군이었다. 나이 서른하나로 무던히 철났다 하고 동리에서 처주는 모범 청년이었다. 그런데 벼를 베지 않는다. 남은 다들 걷어 들였고 털기까지 하련만 그는 벨 생각조차 않는 것이다.

지주라든 혹은 그에게 장리를 놓은 김 참판이든 뻔질 찾아와 벼를 베라 독촉하였다.

"얼른 털어서 낼 건 내야지."

하면 그 대답은

"계집이 죽게 됐는데 벼는 다 뭐지유―."

하고 한결같이 내뱉는 소리뿐이었다.

하기는 응오의 아내가 지금 기지사경기지사경幾至死境. 거의 죽을 지경에 이름 이매 틈은 없었다 하더라도 돈이 놀아서 약을 못 쓰는 이 판이니 진시 벼라도 털어야 할 것이다.

그러면 왜 안 털었던가―.

그것은 작년 응오와 같이 지주 문전에서 타작을 하던 친구라면 묻지는 않으리라. 한 해 동안 애를 졸이며 홑자식 모양으로 알뜰히 가꾸던 그 벼를 거둬들임은 기쁨에 틀림없었다. 꼭두새벽부터 엣, 엣, 하며 괴로움을 모른다. 그러나 캄캄하도록 털고 나서 지주에게 도지를 제하고, 장리쌀을 제하고 색초색초色租. 타작할 때 정부나 지주가 받던 곡식를 제하고 보니 남는 것은 등줄기를 흐르는 식은땀이 있을 따름. 그것은 슬프다 하니보다 끝없이 부끄러웠다. 같이 털어주던 동무들이 뻔히 보고 섰는데 빈 지게로 덜렁거리며 집으로 들어오는 건 진정 열쩍기 짝이 없는 노릇이었다. 참다 참다 응오는 눈에 눈물이 흘렀던 것이다.

가뜩한데 엎치고 덮치더라고 올에는 고나마 흉작이

었다. 샛바람과 비에 벼는 깨깨 배틀렸다. 이놈을 가을하다간 먹을 게 남지 않음은 물론이요 빚도 다 못 가릴 모양. 에라 빌어먹을 거. 너들끼리 캐다 먹든 말든 멋대로 하여라, 하고 내던져두지 않을 수 없다. 벼를 걷었다고 말만 나면 빚쟁이들은 우— 몰려들 거니깐—.

응칠이의 죄목은 여기에서도 또렷이 드러난다. 구구루 가만만 있었으면 좋은 걸 이 사품에 뛰어들어 지주의 뺨을 제법 갈긴 것이 응칠이었다.

처음에야 그럴 작정이 아니었다. 그는 여러 곳 물을 마신 이만치 어지간히 속이 튄 건달이었다. 지주를 만나 까놓고 썩 좋은 소리로 의논하였다. 올 농사는 반실이니 도지도 좀 감해주는 게 어떠냐고. 그러나 지주는 암말 없이 고개를 모로 흔들었다. 정 이러면 하여튼 일 년 품은 빼야 할 테니 나는 그 논에다 불을 질르겠수, 하여도 잠자코 응치 않는다. 지주로 보면 자기로도 그 벼는 넉넉히 걷어 들일 수는 있다. 마는 한번 버릇을 잘못해놓으면 여느 작인까지 행실을 버릴까 염려하여 겉으로 독촉만 하고 있는 터이었다. 실상이야 고까짓 벼쯤 있어도 고만 없어도 고만—그 심보를 눈치채고 응칠이는 화를 벌컥 낸 것만은 좋으나, 저도 모르게 대뜸 주먹뺨이 들어갔던 것이다.

이렇게 문제 중에 있는 벼인데 귀신의 놀음 같은 변괴가 생겼다. 다시 말하면 벼가 없어졌다. 그것도 병들어

○   36

쓰러진 쭉정이는 제쳐놓고 무얼로 그랬는지 말짱 이삭만 따 갔다. 그 면적으로 어림하면 아마 못 돼도 한 댓 말가량은 되는지—.

응칠이가 아침 일찍이 그 논께로 노닐자 이걸 발견하고 기가 막혔다. 누굴 성가시게 하려고 그러는지. 산속에 파묻힌 논이라 아직은 본 사람이 없는 모양 같다. 허나 동리에 이 소문이 퍼지기만 하면 저는 어느 모로 보든 혐의를 받아 폐는 좋이 입어야 될 것이다.

응칠이는 송이도 송이려니와 실상은 궁리에 바빴다. 속중으로 지목 갈 만한 놈을 여럿 들어보았으나 이렇다 찝을 만한 증거가 없다. 어쩌면 재성이나 성팔이 이 둘 중의 짓이리라, 하고 결국 이렇게 생각던 것도 응칠이가 아니면 안 될 것이다.

원수는 외나무다리에서 만났다.

응칠이는 저의 짐작이 들어맞음을 알고 당장에 일을 낼 듯이 성팔이의 눈을 들이 노렸다.

성팔이는 신이 나서 떠들다가 그 눈총에 어이가 질려서 고만 벙벙하였다. 그리고 얼굴이 해쓱하여 마주 대고 쳐다보더니

"그래 자네 왜 그케 노하나. 지내다 보니깐 그렇길래 일테면 자네보구 얘기지 뭐……."
하고 뒷갈망을 못 하여 우물쭈물한다.

"노하긴 누가 노해—."

응칠이는 뻐팅겼던 몸에 좀 더 힘을 올리며

"응고개를 어째 갔드냐 말이지?"

"놀러 갔다 오는 길인데 우연히……."

"놀러 갔다. 거기가 노는 덴가?"

"글쎄 그렇게까지 물을 게 뭔가, 난 응고개 아니라 서울은 못 갈 사람인가."

하다가 성팔이는 속이 타는지 코로 흐응, 하고 날숨을 길게 뽑는다.

이렇게 나오는 데는 더 물을 필요가 없었다. 성팔이란 놈도 여간내기가 아니요 구장네 솥인가 뭔가 떼다 먹고 한 번 다녀온 놈이었다. 많이 사귀지는 못했으나 동리 평판이 그놈과 같이 다니다가는 엉뚱한 일 만난다 한다. 이번에 응칠이 저 역 그 섭수'수단手段'의 방언에 걸렸음을 알고

"그야 응고개라구 못 갈 리 없을 테—."

하고 한번 엇먹다 그러나 자네두 아다시피 거 어디야, 거기 바로 길이 있다든지, 사람 사는 동리라면 혹 모른다 하지마는 성한 사람이야 응고개엘 뭘 먹으러 가나, 그렇지 자네야 심심하니까, 하고 앞을 꽉 눌러 등을 떠본다. 여기에는 대답 없고 성팔이는 덤덤히 쳐다만 본다. 무엇을 생각했는가 한참 있더니 호주머니에서 단풍 갑을 꺼낸다. 우선 제가 한 개를 물고 또 하나를 뽑아 내대며

"권연 하나 피게."

매우 든직한 낯을 해 보인다.

이놈이 이에 밝기가 몹시 밝은 성팔이다. 턱없이 권연 하나라도 선심을 쓸 궐자가 아니리라, 생각은 하였으나 그렇다고 예까지 부르대는 건 도리어 저의 처지가 불리하다. 그것은 짜정 그 손에 넘는 짓이니

"야 웬 권연은 이래—."

하고 슬쩍 눙치며

"성냥 있겠나?"

일부러 불까지 거 대게 하였다.

응칠이에게 액을 떠넘기어 이용하려는 고 야심을 생각하면 곧 달겨들어 다리를 꺾어놔야 옳을 것이다. 그러나 이 마당에 떠들어대고 보면 저는 드러누워 침 뱉기. 결국 도적은 뒤로 잡지 앞에서 얼르는 법이 아니다. 동리에 소문이 퍼질 것만 두려워하며

"여보게 자네가 했건 내가 했건 간."

하고 과연 정다이 그 등을 툭 치고 나서

"우리 둘만 알고 동리에 말은 내지 말게."

하다가 성팔이가 이 말에 되우 놀라며 눈을 말똥말똥 뜨니

"그까진 벼쯤 먹으면 어떤가!"

하고 껄껄 웃어버린다.

성팔이는 한 굽 접히어 말문이 메었는지 얼뚤하여 입맛만 다신다.

"아예 말은 내지 말게, 응 알지―."

하고 다시 다질 때에야 겨우 주저주저 입을 열어

"내야 무슨 말을…… 그건 염려 말게."

하더니 비실비실 몸을 돌리어 저 갈 길을 내걷는다. 그러나 저 앞고개까지 가는 동안에 두 번이나 돌아다보며 이쪽을 살피고 살피고 한 것만은 사실이었다.

응칠이는 그 꼴을 이윽히 바라보고 입안으로 죽일놈, 하였다. 아무리 도적이라도 같은 동료에게 제 죄를 넘겨 씰려 함은 도저히 의리가 아니다.

그건 그렇다 치고 응오가 더 딱하지 않은가. 기껏 힘들여 지어놓았다 남 좋은 일 한 것을 안다면 눈이 뒤집힐 일이겠다.

이래서야 어디 이웃을 믿어보겠는가―.

확적히 증거만 있어 이놈을 잡으면 대번에 요절을 내리라 결심하고 응칠이는 침을 탁 뱉어 던지고 산을 내려온다.

그런데 그놈의 행티로 가늠 보면 응칠이 저만치는 때가 못 벗은 도적이다. 어느 미친놈이 논두렁에까지 가새를 들고 오는가. 격식도 모르는 푸뚱이가. 그러려면 바로 조 낟가리나 수수 낟가리 말이지. 그 속에 들어앉아 가새로 웅덩거려야 들킬 리도 없고 일도 편하고. 두 포대고 세 포대고 마음껏 딸 수도 있다. 그러다 틈 보고 집으로 나르면 그만이지만 누가 논의 벼를 다. 그렇게도 벼에 걸신이 들었다면 바로 남의 집 머슴으로 들어가 한 달포 동안 주인 앞에 얼렁거리는 것이어니와. 신용을 얻어놨다가 주는 옷이나 얻어 입고 다들 잠자거든 볏섬이나 두둑이 길머 메고 덜렁거리면 그뿐이다. 이건 맥도 모르는 게 남도 못살게 굴려고. 에—이 망할 자식두. 그는 분노에 살이 다 부들부들 떨리는 듯싶었다. 그러나 이런 좀도적이란 뽕이 나기 전에는 바짝 물고 덤비는 법이었다. 오늘 밤에는 요놈을 지켰다 꼭 붙들어가지고 정갱이를 분질러노리라. 밥을 먹고는 태연히 막걸리 한 사발을 껄떡껄떡 들이켜자

"커—, 가을이 되니깐 맛이 행결 낫군—."

그는 주먹으로 입가를 쓱쓱 훔친 다음 송이 꾸림에서 세 개를 뽑는다. 그리고 그걸 갈퀴같이 마른 주막 할머니 손에 내어주며

"엣수, 송이나 잡숫게유—."

하고 술값을 치렀으나

"아이 송이두 고놈 참."

간사를 피우는 것이 겉으로는 반기는 척하면서도 좀 시쁜 모양이다. 제 딴은 한 개에 삼 전씩 치더라도 구전밖에 안 되니깐. 응칠이는 슬며시 화가 나서 그 얼굴을 유심히 들여다보았다. 움푹 들어간 볼때기에 저건 또 왜 저리 멋없이 붉거졌는지. 톡 나온 광대뼈하고 치마 아래로 남실거리는 발가락은 자칫 잘못 보면 황새 발목이니

이건 언제 잡아가려고 남겨두는 거야―보면 볼수록 하나 이쁜 데가 없다. 한두 번 먹은 것도 아니요 언젠간 울타리께 풀을 베어주고 술사발이나 얻어먹은 적도 있다. 그렇게 야멸치게 따질 건 뭔가. 그는 눈살을 흘낏 맞추고는 하나를 더 꺼내어

"엣수 또 하나 잡숫게유―."

내던져 주곤 댓돌에 가래침을 탁 뱉었다.

그제야 식성이 좀 풀리는지 그 가축^{물품이나 몸가짐 따위를 알뜰히 매만져서 잘 간직하거나 거둠}으로 웃으며

"아이그 이거 자꾸 줌 어떡해―."

"어떡허긴, 자꾸 살찌게유―."

하고 한마디 툭 쏘고 일어서다가 무엇을 생각함인지 다시 툇마루에 주저앉았다.

"그런데 참 요즘 성팔이 보셨수?"

"아―니, 당최 볼 수가 없더구먼."

"술두 안 먹으러 와유?"

"안 와―."

하고는 입속으로 뭐라고 종잘거리며 의아한 낯을 들더니

"왜, 또 뭐 일이······?"

"아니유, 본 지가 하 오래니깐―."

응칠이는 말끝을 얼버무리고 고개를 돌리어 한데를 바라본다. 벌써 점심때가 되었는지 닭들이 요란히 울어댄다. 논둑의 미루나무는 부 하고 또 부, 하고 잎이 날리

며 팔랑팔랑 하늘로 올라간다.

"성팔이가 이 마을에서 얼마나 살았지유?"

"글쎄—, 재작년 가을이지 아마."

하고 장죽을 빡빡 빨더니

"근데 또 떠난대든걸, 홍천인가 어디 즈 성님안터'한
테'의 방언로 간대."

하고 그게 옳지 여기서 뭘 하느냐. 대장간이라구 일이나
많으면 모르거니와 밤낮 파리만 날리는걸. 그보다는 즈
형이 크게 농사를 짓는다니 그 뒤나 자들어주고 구구루
얻어먹는 게 신상에 편하겠지. 그래 불일간 처자식을 데
리고 아마 떠나리라고 하고

"농군은 그저 농사를 지야 돼."

"낼 술 먹으러 또 오지유—."

간단히 인사만 하고 응칠이는 다시 일어났다.

주막을 나서니 옷깃을 스치는 개운한 바람이다. 밭
둔덕의 대추는 척척 늘어진다. 멀지 않아 겨울은 또 오
렷다. 그는 응오의 집을 바라보며 그간 죽었는지 궁금하
였다.

응오는 봉당에 걸터앉았다. 그 앞 화로에는 약이 바
글바글 끓는다. 그는 정신없이 들여다보고 앉았다.

우중충한 방에서는 아내의 가쁜 숨소리가 들린다.
색, 색 하다가 아이구, 하고는 까우러지게 콜록거린다.
가래가 치밀어 몹시 괴로운 모양—뽑아줄 사이가 없이

풀들은 뜰에 엉겼다. 흙이 드러난 지붕에서 망초가 휘어 청휘어청. 바람은 가끔 찾아와 싸리문을 흔든다. 그럴 적마다 문은 을씨년스럽게 삐—꺽 삐—꺽. 이웃의 발발이는 벽에서 한창 바쁘게 달그락거린다. 마는 아침에 아내에게 먹이고 남은 조죽밖에야. 아니 그것도 참 남편마저 긁었으니 사발에 붙은 찌꺼기뿐이리라—.

"거, 다 졸았나부다."

응칠이는 약이란 너머 졸면 못쓰니 고만 짜 먹이라, 하였다. 약이라야 어제저녁 울 뒤에서 옭아 들인 구렁이지만—.

그러나 응오는 듣고도 흘렸는지 혹은 못 들었는지 잠자코 고개도 안 든다.

"엣다, 송이 맛이나 봐라."

하고 형이 손을 내밀 제야 겨우 시선을 들었으나 술이 거나한 그 얼굴을 거북살스레 훑어본다. 그리고 송이를 고맙지 않게 받아 방에 치트리고는

"이거나 먹어."

하다가

"뭐?"

소리를 크게 질렀다. 그래도 잘 들리지 않으므로

"뭐야 뭐야, 좀 똑똑이 하라니깐?"

하고 골피를 찌푸린다.

그러나 아내는 손짓만으로 무슨 소린지 알 수가 없

○ 44

다. 음성으로 치느니보다 종이 비비는 소리랄지, 그걸 듣기에는 지척도 멀었다.

가만히 보다 응칠이는 제가 다 불안하여

"뒤보겠다는 게 아니냐?"

"그럼 그렇다 말이 있어야지."

남편은 이내 짜증을 내며 몸을 일으킨다. 병약한 아내의 음성이 날로 변하여감을 시방 안 것도 아니련만—.

그는 방바닥에 늘어져 꼬치꼬치 마른 반송장을 조심히 일으키어 등에 업었다.

울 밖 밭머리에 잿간은 놓였다. 머리가 눌릴 만치 납작한 갑갑한 굴속이다. 게다 거미줄은 예제없이 엉키었다. 부춧돌 위에 내려놓으니 아내는 벽을 의지하여 웅크리고 앉는다. 그리고 남편은 눈을 멀뚱멀뚱 뜨고 지키고 섰는 것이다.

이 꼴들을 멀거니 바라보다 응칠이는 마뜩치 않게 코를 횅, 풀며 입맛을 다시었다. 응오의 짓이 어리석고 울화가 터져서이다. 요즘 응오가 형에게 잘 말도 않고 왜 어뜩비뜩하는지 그 속은 응칠이도 모르는 배 아닐 것이다.

응오가 이 아내를 찾아올 때 꼭 삼 년간을 머슴을 살았다. 그처럼 먹고 싶던 술 한 잔 못 먹었고, 그처럼 침을 삼키던 그 개고기 한 메 물론 못 샀다. 그리고 사경을 받는 대로 꼭꼭 장리를 놓았으니 후일 선채로 썼던 것이다. 이렇게까지 근사벼슬아치가 맡은 일에 부지런히 힘쏨를 모아 얻은 계집이련만 단 두 해가 못 가서 이 꼴이 되고 말았다.

그러나 이 병이 무슨 병인지 도시 모른다. 의원에게 한 번이라도 변변히 뵈본 적이 없다. 혹 안다는 사람의 말인즉 뇌점노점癆漸. 몸이 점점 수척해지고 쇠약해지는 증상이니 어렵다 하였다. 돈만 있다면야 뇌점이고 염병이고 알 바가 못 될 거로되 사날 전 거리로 쫓아 나오며

"성님!"

하고 팔을 챌 적에는 응오도 어지간히 급한 모양이었다.

"왜?"

응칠이가 몸을 돌리니 허둥지둥 그 말이, 인제는 별 도리가 없다. 있다면 꼭 한 가지가 남았으니 그것은 엊그 저께 산신을 부리는 노인이 이 마을에 오지 않았는가. 그 도인이 응오를 특히 동정하여 십오 원만 들이어 산치성 을 올리면 씻은 듯이 낫게 해 주리라는데

"성님은 언제나 돈 만들 수 있지유?"

"거 안 된다. 치성들여 날 병이 안 낫겠니."

하여 여전히 딱 떼고 그러게 내 뭐래던 애전에 계집 다 내버리고 날 따라나서랬지, 하고

"그래 농군의 살림이란 제 목매기라지!"

그러나 아우가 암말 없이 몸을 홱 돌리어 집으로 들어갈 제 응칠이는 속으로 또 괜은 소리를 했구나, 하 였다.

응오는 도로 아내를 업어다 방에 누였다. 약은 다 졸았다. 물이 식기 전 짜야 할 것이다. 식기를 기다려 약사발을 입에 대어주니 아내는 군말 없이 그 구렁이물을 껄덕껄덕 들이마신다.

응칠이는 마당에 우두커니 앉았다. 사람의 목숨이란 과연 중하군, 하였다. 그러나 계집이라는 저 물건이 그렇게 떼기 어렵도록 중할까, 하니 암만해도 알 수 없고

"너 참 요 건너 성팔이 알지?"

"─."

"너허구 친하냐?"

"─."

"성이 뭐래는데 거 대답 좀 하렴."

하고 소리를 빽 질러도 아우는 대답은 말고 고개도 안 든다.

그러나 응칠이는 하늘을 쳐다보고 트림만 끄윽, 하고 말았다. 술기가 코를 콱콱 찔러야 할 터인데 이건 풋김치 냄새만 코밑에서 뱅뱅 돈다. 공짜 김치만 퍼먹을 게 아니라 한 잔 더 했다면 좋았을걸. 그는 일어서서 대를 허리에 꽂고 궁뎅이의 흙을 털었다. 벼 도적맞은 이야기를 할까, 하다가 아서라 가뜩이나 울상이 속이 쓰릴 것이다. 그보다는 이놈을 잡아놓고 낭중 희짜를 뽑는 것이 점잖하겠지?

그는 문밖으로 나와버렸다.

답답한 아우의 살림을 보니 역 답답하던 제 살림이 연상되고 가슴이 두 목 답답하였다.

이런 때에는 무가 십상이다. 사실 하느님이 무를 마련해낸 것은 참으로 은혜로운 일이다. 맥맥할 때 한 개를 씹고 보면 끌꺽하고 쿡 치는 그 멋이 좋고 남의 무밭에 들어가 하나를 쑥 뽑으니 가랑무. 이―키, 이거 오늘 운수대통이로군. 내던지고 그담 놈을 뽑아 들고 개울로 내려온다. 물에 쓱쓰윽 닦아서는 꽁지는 이로 베어 던지고 어썩 깨물어 붙인다.

개울 둔덕에 포플러는 호젓하게도 매출이 컸다. 재갈 돌은 그 밑에 옹기종기 모였다. 가생이로 잔디가 소보록하다. 응칠이는 나가자빠져 마을을 건너다보며 눈을 멀뚱멀뚱 굴리고 누웠다. 산이 뺑뺑 둘리어 숨이 콕 막힐 듯한 그 마을―.

아리랑 아리랑 아라리요
아리랑 띄여라 노다 가세
증기차는 가자고 왼 고동 트는데
정든 님 품 안고 낙누낙누
아리랑 아리랑 아라리요
아리랑 띄여라 노다 가세
낼 갈지 모래 갈지 내 모르는데
옥씨기 강낭이는 심어 뭐하리

아리랑 아리랑 아라리요

아리랑 띄여라……

　그는 콧노래를 이렇게 흥얼거리다 갑작스레 강릉
이 그리웠다. 펄펄 뛰는 생선이 좋고 아침 햇발이 비끼어
힘차게 출렁거리는 그 물결이 좋고. 이까짓 둠 구석에서
쪼들리는 데 대다니. 그래도 즈이 딴은 무어 농사 좀 지
었답시고 악을 복복 쓰며 잘도 떠들어낸다. 하지만 그런
중에도 어디인가 형언치 못할 쓸쓸함이 떠돌지 않는 것
도 아니다. 삼십여 년 전 술을 빚어놓고 쇠를 울리고 흥
에 질리어 어깨춤을 덩실거리고 이러던 가을과는 저 딴
쪽이다. 가을이 오면 기쁨에 넘쳐야 될 시골이 점점 살기
만 띠어옴은 웬일인고. 이렇게 보면 재작년 가을 어느 밤
산중에서 낫으로 사람을 찍어 죽인 강도가 문득 머리에
떠오른다. 장을 보고 오는 농군을 농군이 죽였다. 그것도
많으나 되었으면 모르되 빼앗은 것이 한 끗 동전 네 닢
에 수수 일곱 되. 게다 흔적이 탄로 날까 하여 낫으로 그
얼굴의 껍질을 벗기고 조깃대강이 이기듯 끔찍하게 남
기고 조긴 망나니다. 흉악한 자식. 그 잘량한 돈 사 전에,
나 같으면 가여워 덧돈을 주고라도 왔으리라. 이번 놈은
그따위 깍따귀나 아닐는지 할 때 찬김과 아울러 치미는
소름에 머리끝이 다 쭈뼛하였다. 그간 아우의 농사를 대
신 돌봐주기에 이럭저럭 날이 늦었다. 오늘 밤에는 이놈

을 다리를 꺾어놓고 내일쯤은 봐서 설렁설렁 뜨는 것이 옳은 일이겠다. 이 산을 넘을까 저 산을 넘을까 주저거리며 속으로 점을 치다가 슬그머니 코를 골아 올린다.

밤이 내리니 만물은 고요히 잠이 든다. 검푸른 하늘에 산봉우리는 울퉁불퉁 물결을 치고 흐릿한 눈으로 별은 떴다. 그러다 구름 떼가 몰려 닥치면 깜깜한 절벽이 된다. 또한 마을 한복판에는 거친 바람이 오락가락 쓸쓸히 궁글고 이따금 코를 찌름은, 후련한 산사 내음새. 북쪽 산 밑 미루나무에 싸여 주막이 있는데 유달리 불이 반짝인다. 노세, 노세, 젊어서 놀아. 노랫소리는 나직나직 한산히 흘러온다. 아마 벼를 뒷심 대고 외상이리라―.

응칠이는 잠자코 벌떡 일어나 바깥으로 나섰다. 그리고 다 나와서야 그 집 친구에게 눈치를 안 채이도록

"내 잠간 다녀옴세―."

"어딜 가나?"

친구는 웬 영문을 몰라서 뻔히 쳐다보다 밤이 이렇게 늦었으니 나갈 생각 말고 어여 이리 들어와 자라 하였다. 기껏 둘이 앉아서 개코쥐코 떠들다가 급자기 일어서니까 꽤 이상한 모양이었다.

"건너말 가 담배 한 봉 사 올라구."

"담배 여깄는데 또 사 뭐하나?"

친구는 호주머니에서 굳이 희연 봉을 꺼내어 손에 들어 보이더니

"이리 들어와 섬이나 좀 쳐주게."

"아 참 깜빡……."

하고 응칠이는 미안스러운 낯으로 뒤통수를 긁죽긁죽한다. 하기는 섬을 좀 쳐달라고 며칠째 당부하는 걸 노름에 몸이 팔려 그만 잊고 잊고 했던 것이다. 먹고 자고 이렇게 신세를 지면서 이건 썩 안됐다, 생각은 했지만

"내 곧 다녀올걸 뭐……."

어정쩡하게 한마디 남기곤 그 집을 뒤에 남긴다.

그러나 이 친구는

"그럼, 곧 다녀오게ㅡ."

하고 때를 제치는 법은 없었다. 언제나 여일같이

"그럼 잘 다녀오게ㅡ."

이렇게 그 신상만 편하기를 비는 것이다.

응칠이는 모든 사람이 저에게 그 어떤 경의를 갖고 대하는 것을 가끔 느끼고 어깨가 으쓱거린다. 백판 모르는 사람도 데리고 앉아서 몇 번 말만 좀 하면 대번 구부러진다. 그렇게 장한 것인지 그 일을 하다가, 그 일이라야 도적질이지만, 들어가 욕보던 이야기를 하면 그들은 눈을 커다랗게 뜨고

"아이구, 그걸 어떻게 당하셨수!"

하고 저으기 놀라면서도

"그래 그 돈은 어떡했수?"

"또 그럴 생각이 납디까유?"

"참 우리 같은 농군에 대면 호강살이유!"

하고들 한편 썩 부러운 모양이었다. 저들도 그와 같이 진 탕 먹고살고는 싶으나 주변 없어 못 하는 그 울분에서 그런 이야기만 들어도 다소 위안이 되는 것이다. 응칠이 는 이걸 잘 알고 그 누구를 논에다 거꾸로 박아놓고 달 아나다가 붙들리어 경치던 이야기를 부지런히 하며

"자네들은 안적 멀었네 멀었어—"

하고 흰소리를 치면 그들은, 옳다는 뜻이겠지, 묵묵히 고 개만 꺼떡꺼떡하며 속없이 술을 사주고 담배를 사주고 하는 것이다.

그런데 이번 벼를 훔쳐 간 놈은 응칠이를 마구 넘보 는 모양 같다.

이렇게 생각하면 응칠이는 더욱 괘씸하였다. 그는 물푸레 몽둥이를 벗 삼아 논둑길을 질러서 산으로 올라 간다.

이슥한 그믐은 칠야—

길은 어둡고 흐릿한 언저리만 눈앞에 아물거린다.

그 논까지 칠 마장은 느긋하리라. 이 마을을 벗어 나는 어귀에 고개 하나를 넘는다. 또 하나를 넘는다. 그 러면 그담 고개와 고개 사이에 수목이 울창한 산 중턱을 비켜대고 몇 마지기의 논이 놓였다. 응오의 논은 그중의 하나이었다. 길에서 썩 들어앉은 곳이라 잘 뵈도 않는다. 동리에 그런 소문이 안 났을 때에는 천행으로 본 놈이

없을 것이나 반드시 성팔이의 성행임에는—.

　　웅칠이는 공동묘지의 첫 고개를 넘었다. 그리고 다음 고개의 마루턱을 올라섰을 때 다리가 주춤하였다. 저 왼편 높은 산고랑에서 불이 반짝하다 꺼진다. 짐승 불로는 너무 흐리고— 아—하, 이놈들이 또 왔군. 그는 가던 길을 옆으로 새었다. 더듬더듬 나뭇가지를 짚으며 큰 산으로 올라탄다. 바위는 미끌리어 내리며 발등을 찧는다. 딸기 까시에 종아리는 따갑고 엉금엉금 기어서 바위를 끼고 감돈다.

　　산, 거반 꼭대기에 바위와 바위가 어깨를 겯고 움쑥 들어간 굴이 있다. 풀들은 뻗치어 굴문을 막는다.

　　그 속에 돌라앉아서 다섯 놈이 머리를 맞대고 수군거린다. 불빛이 샐까 염려다. 남폿불을 얕이 달아놓고 몸들을 바싹바싹 여미어 가린다.

　　"어서 후딱후딱 처, 갑갑해서 온—."

　　"이번엔 누가 빠지나?"

　　"이 사람이지 멀 그래."

　　"다시 섞어, 어서 이따위 수작이야."

하고 한 놈이 골을 내고 화투를 빼앗아 제 손으로 섞다가 깜짝 놀란다. 그리고 버썩 대드는 웅칠이를 벙벙히 쳐다보며 얼뚤한다.

　　그들은 웅칠이가 오는 것을 완고척히^{고지식하고 노골적으로} 싫어하는 눈치였다. 이런 애송이 노름판인데 웅칠이를 들었다는 맥을 못 쓸 것이다. 속으로는 되우 꺼렸다마는 그렇다고 응칠이의 비위를 건드림은 더욱 좋지 못하므로—

"아, 응칠인가 어서 들어오게."

하고 선웃음을 치는 놈에

"난 올 듯하게, 자넬 기다렸지."

하며 어수대는 놈.

"하여튼 한 케 떠보세."

이놈들은 손을 잡아들이며 썩들 환영이었다.

응칠이는 그 속으로 들어서며 무서운 눈으로 좌중을 한번 훑어보았다.

그런데 재성이도 그 틈에 끼어 있는 것이 아닌가. 사날 전만 해도 응칠이더러 먹을 양식이 없으니 돈 좀 취하라던 놈이. 의심이 부쩍 일었다. 도적이란 흔히 이런 노름판에서 씨가 퍼진다. 그 옆으로 기호도 앉았다. 이놈은 며칠 전 제 계집을 팔았다. 그 돈으로 영동 가서 장사를 하겠다던 놈이 노름을 왔다. 제깐 주제에 딸 듯싶은가. 하나는 용구. 농사엔 힘 안 쓰고 노름에 몸이 달았다. 시키는 부역도 안 나온다고 동리에서 손도損徒를 맞은 놈이다. 그리고 남의 집 머슴 녀석. 뽐을 내고 멋없이 점잔을 피우는 중늙은이 상투쟁이. 이 물건은 어서 날아왔는지 보도 못 하던 놈이다. 체 이것들이 뭘 한다구—.

응칠이는 기호의 등을 꾹 찍어가지고 밖으로 나왔다.

외딴곳으로 데리고 와서

"자네 돈 좀 없겠나?"

하고 돌아서다가

"웬걸 돈이 어디……."

눈치만 남고 어름어름하니

"아내와 갈렸다지, 그 돈 다 뭣 했나?"

"아 이 사람아 빚 갚았지—."

기호는 눈을 내리깔며 매우 거북한 모양이다.

오른편 엄지로 한 코를 막고 흥 하고 내풀더니 이번 빚에 졸리어 죽을 뻔했네 하고 묻지 않는 발뺌까지 얹어서 설대로 등어리를 긁죽긁죽한다.

그러나 응칠이는 속으로 이놈 하였다.

응칠이는 실눈을 뜨고 기호를 유심히 쏘아주었더니

"꼭 사 원 남었네."

하고 선뜻 알리고

"빚 갚고 뭣하고 흐지부지 녹았어—."

어색하게도 혼잣말로 우물쭈물 웃어버린다.

응칠이는 퉁명스레

"나 이 원만 최게."

하고 손을 내대다 그래도 잘 듣지 않으매

"따서 둘이 노늘 테야, 누가 떼먹나—."

하고 소리가 한번 뺙 아니 나올 수 없다.

이 말에야 기호도 비로소 안심한 듯, 저고리 섶을

처들고 흠처거리다 주뼛주뼛 꺼내놓는다. 딴은 응칠이의 솜씨면 낙자는 없을 것이다. 설혹 재간이 모자라 잃는다면 우격이라도 도로 몰아갈 게니깐―.

"나두 한 케 떠보세."

응칠이는 우좌스레 굴로 기어든다. 그 콧등에는 자신 있는 그리고 흡족한 미소가 떠오른다. 사실이지 노름만치 그를 행복하게 하는 건 다시없었다. 슬프다가도 화투나 투전장을 손에 들면 공연스레 어깨가 으쓱거리고 아무리 일이 바빠도 노름판은 옆에 못 두고 지난다. 그는 이놈 저놈의 눈치를 스을쩍 한번 훑고

"두 패루 너느지?"

응칠이는 재성이와 용구를 데리고 한옆으로 비켜 앉았다. 그리고 신바람이 나서 화투를 섞다가 손을 따악 짚으며

"튀전이래지 이깐 화투는 하튼 뭘 할 텐가 녹빼긴가, 켤 텐가?"

"약단이나 그저 보지―."

사방은 매섭게 조용하였다. 바위 위에서 훅 바람에 모래 구르는 소리뿐이다. 어쩌다

"엣다 봐라."

하고 화투짝이 쩔꺽, 한다. 그리곤 다시 쥐죽은듯 잠잠하다.

그들은 이욕에 몸이 달아서 이야기고 뭐고 할 여지

가 없다. 행여 속지나 않는가, 하얀 눈들이 빨개서 서로 독을 올린다. 어떤 놈이 뜯는 놈이고 어떤 놈이 뜯기는 놈인지 영문 모른다.

응칠이가 한 장을 내던지고 명월 공산을 보기 좋게 떡 젖혀놓으니

"이거 왜 수짜질이야!"

용구는 골을 벌컥 내며 쳐다본다.

"뭐가?"

"뭐라니, 아 이 공산 자네 밑에서 빼내지 않았나?"

"봤으면 고만이지 그렇게 노할 건 또 뭔가—."

응칠이는 어설피 입맛을 쩍쩍 다시다

"그럼 이번엔 파토지?"

하고 손의 화투를 땅에 내던지며 껄껄 웃어버린다.

이때 한옆에서 별안간

"이 자식 죽인다—."

악을 쓰는 것이니 모두들 놀라며 시선을 몬다. 머슴이 마주 앉은 상투의 뺨을 갈겼다. 말인즉 매조 다섯 끗을 업어 쳤다고.

허나 정말은 돈을 잃은 것이 분한 것이다. 이 돈이 무슨 돈이냐 하면 일 년 품을 판 피 묻은 사경세경이다. 이런 돈을 송두리 먹다니—.

"이 자식 너는 야마시꾼'사기꾼'을 뜻하는 일본어이지 돈 내라."

멱살을 훔켜잡고 다시 두 번을 때린다.

"허, 이놈이 왜 이래누, 어른을 몰라보구."

상투는 책상다리를 잡숫고 허리를 쓰윽 펴더니 점잖이 호령한다. 자식뻘 되는 놈에게 뺨을 맞는 건 말이 좀 덜 된다. 약이 올라서 곧 일을 칠 듯이 웅뎅이를 번쩍 들었으나 그러나 그대로 주저앉고 말았다. 악에 바짝 받친 놈을 건드렸다가는 결국 이쪽이 손해다. 더럽단 듯이 허허, 웃고

"버릇없는 놈 다 봤고!"

하고 꾸짖은 것은 잘됐으나 기어이 어이쿠, 하고 그 자리에 푹 엎으러진다. 이마가 터져서 피는 흘렀다. 어느 틈엔가 동맹이가 날아와 이마의 가죽을 터친 것이다.

응칠이는 싱글거리며 굴을 나섰다. 공연스레 쑥스럽게 일이나 벌어지면 성가신 노릇이다. 그리고 돈 백이나 될 줄 알았더니 다 봐야 한 사십 원 될까 말까. 그걸 바라고 어느 놈이 앉았는가―.

그가 딴 것은 본밑을 알라 구 원하고 팔십 전이다. 기호에게 오 원을 내주고

"자, 반이 넘네, 자네 계집 잃고 돈 잃고 호강이겠네."

농담으로 비웃어 던지고는 숲으로 설렁설렁 내려온다.

"여보게 자네에게 청이 있네."

재성이 목이 말라서 바득바득 따라온다. 그 청이란 묻지 않아도 알 수 있었다. 저에게 돈을 다 빼앗기곤 구문이겠지. 시치미를 딱 떼고 나 갈 길만 걷는다.

"여보게 응칠이, 아 내 말 좀 들어!"

그제는 팔을 잡아낚으며 살려 달라 한다. 돈을 좀 늘릴까, 하고 벼 열 말을 팔아 해보았다더니 다 잃었고. 당장 먹을 게 없어 죽을 지경이니 노름 밑천이나 하게 몇 푼 달라는 것이다. 그러나 벼를 털었으면 거저먹을 게지 어쭙잖게 노름은―.

"그런 걸 왜 너보고 하랬어?"

하고 돌아서며 소리를 빽 지르다가 가만히 보니 눈에 눈물이 글썽하다. 잠자코 돈 이 원을 꺼내주었다.

응칠이는 들에 앉아서 팔짱을 끼고 덜덜 떨고 있다.

사방은 뺑― 돌리어 나무에 둘러싸였다. 거무튀튀한 그 형상이 헐 없이 무슨 도깨비 같다. 바람이 불 적마다 쏴― 하고 쏴― 하고 음충맞게 건들거린다. 어느 때에는 찍, 찍, 하고 목을 따는지 비명도 울린다.

그는 가끔 뒤를 돌아보았다. 별일은 없을 줄 아나 호욕 '혹'의 방언 뭐가 덤벼들지도 모른다. 서낭당은 바로 등 뒤다. 족제빈지 뭔지, 요동 통에 돌이 무너지며 바시락, 바시락, 한다. 그 소리가 묘―하게도 등줄기를 쪼옥 긋는다. 어두운 꿈속이다. 하늘에서 이슬은 내리어 옷깃을 축인다. 공포도 공포려니와 냉기로 하여 좀체로 견딜 수가 없었다.

산골은 산신까지도 주렸으렷다. 아들 낳아달라고 떡 갖다 바칠 이 없을 테니까. 이놈의 영감님 홧김에 덥석 달려들면. 앞뒤를 다시 한번 휘돌아본 다음 설대를 뽑는다. 그리고 오금팽이로 불을 가리고는 한 대 뻑뻑 피워 물었다. 논은 여남은 칸 떨어져 고 아래 누웠다. 일심정기를 다하여 나무 틈으로 뚫어보고 앉았다. 그러나 땅에 대를 털려니깐 풀숲이 이상스레 흔들린다. 뱀, 뱀이 아닌가. 구시월 뱀이라니 물리면 고만이다. 자리를 옮겨 앉으며 손으로 입을 막고 하품을 터친다.

아마 두어 시간은 더 넘었으리라. 이놈이 필연코 올 텐데 안 오니 이 또 무슨 조활까. 이 짓이란 소문이 나기 전에 한 번 더 와보는 것이 원칙이다. 잠을 못 자서 눈이 뻑뻑한 것이 제물에 슬금슬금 감긴다. 이를 악물고 눈을 둡쓰면 이번에는 허리가 노글거린다. 속은 쓰리고 골치는 때리고. 불꽃 같은 노기가 불끈 일어서 몸을 욱죄인다. 이놈의 다리를 못 꺾어놔도 애비 없는 홀의 자식이겠다.

닭들이 세 홰를 운다. 멀—리 산을 넘어오는 그 음향이 퍽은 서글프다. 큰비를 몰아드는지 검은 구름이 잔뜩 낀다. 하긴 지금도 빗방울이 뚝, 뚝, 떨어진다.

그때 논둑에서 희끄무레한 헤까비 같은 것이 얼씬거린다. 정신을 빠짝 차렸다. 영락없이 성팔이, 재성이,

그들 중의 한 놈이리라. 이 고생을 시키는 그놈! 이가 북북 갈리고 어깨가 다 식식거린다. 몽둥이를 잔뜩 우려 쥐었다. 그리고 벌떡 일어나서 나무줄기를 끼고 조심조심 돌아내린다. 하나 도랑쯤 내려오다가 그는 멈찔하여 몸을 뒤로 물렸다. 늑대 두 놈이 짝을 짓고 이편 산에서 저편 산으로 설렁설렁 건너가는 길이었다. 빌어먹을 늑대, 이것까지 말썽이람. 이마의 식은땀을 씻으며 도로 제자리로 돌아온다. 어쩌면 이번 이놈도 재작년 강도 짝이나 안 될는지. 급시로 불길한 예감이 뒤통수를 탁 치고 지나간다.

그는 옷깃을 여미며 한 대를 더 붙였다. 돌연히 풍세는 심하여진다. 산골짜기로 몰아드는 억센 놈이 가끔 발광이다. 다시금 더르르 몸을 떨었다. 가을은 왜 이 지경인지. 여기에서 밤새울 생각을 하니 기가 찼다.

얼마나 되었는지 몸을 좀 녹이고자 일어나 서성서성할 때이었다. 논으로 다가오는 희미한 그림자를 분명히 두 눈으로 보았다. 그러고 보니 피로고, 한고이고 다 딴소리다. 고개를 내대고 딱 버티고 서서 눈에 쌍심지를 올린다.

흰 그림자는 어느 틈엔가 어둠 속에 사라져 보이지 않는다. 그리고 다시 나올 줄을 모른다. 바람 소리만 왱, 왱, 칠 뿐이다. 다시 암흑 속이 된다. 확실히 벼를 훔치러 논 속으로 들어갔을 것이다. 역겡이 같은 놈이 궂은 날새를 기회 삼아 맘껏 하겠지. 의리 없는 썩은 자식, 격장에서 같이 굶는 터에—오냐 대거리만 있어라. 이를 한번 부윽 갈아붙이고 차츰차츰 논께로 내려온다.

응칠이는 논께로 바특이 내려서서 소나무에 몸을 착 붙였다. 섣불리 서둘다간 낫의 횡액을 입을지도 모른다. 다 훔쳐가지고 나올 때만 기다린다. 몸뚱이는 잔뜩 힘을 올린다.

한 식경쯤 지났을까, 도적은 다시 나타난다. 논둑에 머리만 내놓고 사면을 두리번거리더니 그제야 기어 나온다. 얼굴에는 눈만 내놓고 수건인지 뭔지 흔겊이 가리었다. 봇짐을 등에 짊어 메고는 허리를 구붓이 뺑손을 놓는다. 그러자 응칠이가 날쌔게 달겨들며

"이 자식, 남우 벼를 훔쳐 가니—."

하고 대포처럼 고함을 지르니 논둑으로 고대로 데굴데굴 굴러서 떨어진다. 얼결에 호되이 놀란 모양이었다.

응칠이는 덤벼들어 우선 허리께를 내려조졌다. 어이쿠쿠, 쿠—, 하고 처참한 비명이다. 이 소리에 귀가 번쩍 띠어 그 고개를 들고 팔부터 벗겨보았다. 그러나 너무나 어이가 없었음인지 시선을 치걷으며 그 자리에 우두망찰한다.

그것은 무서운 침묵이었다. 살뚱맞은 바람만 공중에서 북새를 논다.

한참을 신음하다 도적은 일어나더니

"성님까지 이렇게 못살게 굴기유?"

제법 눈을 부라리며 몸을 홱 돌린다. 그리고 느끼며 울음이 복받친다. 봇짐도 내버린 채

"내 것 내가 먹는데 누가 뭐래?"

하고 데퉁스러이 내뱉고는 비틀비틀 논 저쪽으로 없어진다.

형은 너무 꿈속 같아서 멍하니 섰을 뿐이다. 그러나 얼마 지나서 한 손으로 그 봇짐을 들어본다. 가뿐하니 끽 말가웃^{한 말 반쯤의 분량}이나 될는지. 이까짓 걸 요렇게까지 해 가려는 그 심정은 실로 알 수 없다. 벼를 논에다 도로 털어버렸다. 그리고 아내의 치마이겠지, 검은 보자기를 척척 개서 들었다. 내 걸 내가 먹는다―그야 이를 말이랴. 허나 내 걸 내가 훔쳐야 할 그 운명도 얄궂거니와 형을 배반하고 이 짓을 벌인 아우도 아우렷다. 에―이 고얀 놈, 할 제 볼을 적시는 것은 눈물이다. 그는 주먹으로 눈을 쓱 비비고 머리에 번쩍 떠오르는 것이 있으니 두레두레한 황소의 눈깔. 시오 리를 남쪽 산속으로 들어가면 어느 집 바깥뜰에 밤마다 늘 매여 있는 투실투실한 그 황소. 아무렇게 따지든 칠십 원은 갈 데 없으리라. 그는 부리나케 아우의 뒤를 밟았다.

공동묘지까지 거반 왔을 때에야 가까스로 만났다. 아우의 등을 탁 치며

"애, 죈 수 있다, 네 원대로 돈을 해줄게 나구 잠깐

다녀오자."

씩씩한 어조로 기쁘도록 달랬다. 그러나 아우는 입하나 열려 하지 않고 그대로 실쭉하였다. 뿐만 아니라 어깨 위에 올려놓은 형의 손을 부질없단 듯이 몸으로 털어 버린다. 그리고 삐익 달아난다. 이걸 보니 하 엄청이 나고 기가 콱 막히었다.

"이눔아!"

하고 악에 받치어

"명색이 성이라며?"

대뜸 몽둥이는 들어가 그 볼기짝을 후려갈겼다. 아우는 모로 몸을 꺾더니 시나브로 찌그러진다. 대미처 앞정갱이를 때렸다. 등을 팼다. 일지 못할 만치 매는 내리었다. 체면을 불구하고 땅에 엎드리어 엉엉 울도록 매는 내리었다.

홧김에 하긴 했으되 그 꼴을 보니 또한 마음이 편할 수 없다. 침을 퇴 뱉어 던지곤 팔자 드신 놈이 그저 그렇지 별수 있나. 쓰러진 아우를 일으키어 등에 업고 일어섰다. 언제나 철이 날는지 딱한 일이었다. 속 썩는 한숨을 후— 하고 내뿜는다. 그리고 어청어청 고개를 묵묵히 내려온다.

— 〈조선일보〉, 1935. 7. 17~30.

봄·봄

　　　　　　"장인님! 인젠 저―."

　내가 이렇게 뒤통수를 긁고 나이가 찼으니 성례를 시켜줘야 하지 않겠느냐고 하면 대답이 늘

　　"이 자식아! 성례구 뭐구 미처 자라야지―."

하고 만다. 이 자라야 한다는 것은 내가 아니라 장차 내 아내가 될 점순이의 키 말이다.

　내가 여기에 와서 돈 한 푼 안 받고 일하기를 삼 년 하고 꼬박이 일곱 달 동안을 했다. 그런데도 미처 못 자랐다니까 이 키는 언제야 자라는 겐지 짜증 영문 모른다. 일을 좀 더 잘해야 한다든지 혹은 밥을 (많이 먹는다고

노상 걱정이니까) 좀 덜 먹어야 한다든지 하면 나도 얼마든지 할 말이 많다. 허지만 점순이가 안죽 어리니까 더 자라야 한다는 여기에는 어쩔 수 없이 그만 벙벙하고 만다.

이래서 나는 애최 계약이 잘못된 걸 알았다. 이태면 이태, 삼 년이면 삼 년, 기한을 딱 작정하고 일을 해야 원할 것이다. 덮어놓고 딸이 자라는 대로 성례를 시켜주마, 했으니 누가 늘 지키고 섰는 것도 아니고 그 키가 언제 자라는지 알 수 있는가. 그리고 난 사람의 키가 무럭무럭 자라는 줄만 알았지 붙배기 키에 모로만 벌어지는 몸도 있는 것을 누가 알았으랴. 때가 되면 장인님이 어련하랴 싶어서 군소리 없이 꾸벅꾸벅 일만 해왔다. 그럼 말이다, 장인님이 제가 다 알아채려서

"어참 너 일 많이 했다. 고만 장가들어라."

하고 살림도 내주고 해야 나도 좋을 것이 아니냐. 시치미를 딱 떼고 도리어 그런 소리가 나올까 봐서 지레 펄펄 뛰고 이 야단이다. 명색이 좋아 데릴사위지 일하기에 승겁기도 할 뿐더러 이건 참 아무것도 아니다.

숙맥이 그걸 모르고 점순이의 키 자라기만 까맣게 기다리지 않았나.

언젠가는 하도 갑갑해서 자를 가지고 덤벼들어서 그 키를 한번 재볼까, 했다마는 우리는 장인님이 내외를 해야 한다고 해서 마주 서 이야기도 한마디 하는 법 없

다. 우물길에서 어쩌다 마주칠 적이면 겨우 눈어림으로 재보고 하는 것인데 그럴 적마다 나는 저만침 가서

"제—미 키두!"

하고 논둑에다 침을 퉤, 뱉는다. 아무리 잘 봐야 내 겨드랑 (다른 사람보다 좀 크긴 하지만) 밑에서 넘을락 말락 밤낮 요 모양이다. 개돼지는 폭폭 크는데 왜 이리도 사람은 안 크는지, 한동안 머리가 아프도록 궁리도 해보았다. 아하, 물동이를 자꾸 이니까 뼈다귀가 움츠러드나 보다, 하고 내가 넌즛 넌즛이 그 물을 대신 길어도 주었다. 뿐만 아니라 나무를 하러 가면 서낭당에 돌을 올려놓고

"점순이의 키 좀 크게 해줍소사. 그러면 담엔 떡 갖다 놓고 고사드립죠니까."

하고 치성도 한두 번 드린 것이 아니다. 어떻게 돼먹은 킨지 이래도 막무가내니—.

그래 내 어저께 싸운 것이지 결코 장인님이 밉다든가 해서가 아니다.

모를 붓다가 가만히 생각을 해보니까 또 승겁다. 이 벼가 자라서 점순이가 먹고 좀 큰다면 모르지만 그렇지도 못한 걸 내 심어서 뭘 하는 거냐. 해마다 앞으로 축 거불지는 장인님의 아랫배(가 너무 먹은 걸 모르고 내병이라나 그 배)를 불리기 위하여 심곤 조금도 싫지 않다.

"아이구 배야!"

난 물 붓다 말고 배를 쓰다듬으면서 그대로 논둑으

로 기어올랐다. 그리고 겨드랑에 꼈던 벼 담긴 키를 그냥 땅바닥에 털썩, 떨어치며 나도 털썩 주저앉았다. 일이 암만 바빠도 나 배 아프면 고만이니까. 아픈 사람이 누가 일을 하느냐. 파릇파릇 돋아 오른 풀 한 숲을 뜯어 들고 다리의 거머리를 쓱쓱 문태며 장인님의 얼굴을 쳐다보았다.

논 가운데서 장인님도 이상한 눈을 해가지고 한참을 날 노려보더니

"너 이 자식, 왜 또 이래 응?"

"배가 좀 아파서유!"

하고 풀 위에 슬며시 쓰러지니까 장인님은 약이 올랐다. 저도 논에서 철벙철벙 둑으로 올라오더니 잡은 참 내 먹살을 움켜잡고 뺨을 치는 것이 아닌가―.

"이 자식아, 일허다 말면 누굴 망해놀 셈속이냐 이 대가릴 까놀 자식?"

우리 장인님은 약이 오르면 이렇게 손버릇이 아주 못됐다. 또 사위에게 이 자식 저 자식 하는 이놈의 장인님은 어디 있느냐. 오죽해야 우리 동리에서 누굴 물론하고 그에게 욕을 안 먹는 사람은 명이 짜르다 한다. 조고만 아이들까지도 그를 돌라세워 놓고 욕필이(본이름이 봉필이니까) 욕필이, 하고 손가락질을 할 만치 두루 인심을 잃었다. 허나 인심을 정말 잃었다면 욕보다 읍의 배참봉댁 마름으로 더 잃었다. 번이 마름이란 욕 잘하고 사

람 잘 치고 그리고 생김 생기길 호박개 같아야 쓰는 거지만 장인님은 외양이 똑됐다. 작인이 닭 마리나 좀 보내지 않는다든가 애벌논 때 품을 좀 안 준다든가 하면 그해 가을에는 영락없이 땅이 뚝뚝 떨어진다. 그러면 미리부터 돈도 먹이고 술도 먹이고 안달재신^{몹시 속을 태우며 여기저기로 다니는 사람}으로 돌아치던 놈이 그 땅을 슬쩍 돌라안는다. 이 바람에 장인님 집 빈 외양간에는 눈깔 커다란 황소 한 놈이 절로 엉금엉금 기어들고 동리 사람은 그 욕을 다 먹어가면서도 그래도 굽신굽신하는 게 아닌가―.

그러나 내겐 장인님이 감히 큰소리할 계제가 못 된다.

뒷생각은 못 하고 뺨 한 개를 딱 때려놓고는 장인님은 무색해서 덤덤히 쓴침만 삼킨다. 난 그 속을 퍽 잘 안다. 조금 있으면 갈도 꺾어야 하고 모도 내야 하고, 한창 바쁜 때인데 나 일 안 하고 우리 집으로 그냥 가면 고만이니까. 작년 이맘때도 트집을 좀 하니까 늦잠 잔다고 돌멩이를 집어 던져서 자는 놈의 발목을 삐게 해놨다. 사날 씩이나 건승 끙, 끙, 앓았더니 종당에는 거반 울상이 되지 않았는가―.

"애, 그만 일어나 일 좀 해라, 그래야 올 갈에 벼 잘 되면 너 장가들지 않니."

그래 귀가 번쩍 띄어서 그날로 일어나서 남이 이틀 품 들일 논을 혼자 삶아놓으니까 장인도 눈깔이 커다랗게 놀랐다. 그럼 정말로 가을에 와서 혼인을 시켜줘야 원 경오가 옳지 않겠나. 볏섬을 척척 들여쌓아도 다른 소리는 없고 물동이를 이고 들어오는 점순이를 담배통으로 가리키며

"이 자식아 미처 커야지, 조걸 데리구 무슨 혼인을 한다구 그러니 온!"

하고 남 낯짝만 붉게 해주고 고만이다. 골김에 그저 이놈의 장인님, 하고 댓돌에다 메 꽂고 우리 고향으로 내뺄까 하다가 꾹꾹 참고 말았다.

참말이지 난 이 꼴 하고는 집으로 차마 못 간다. 장가를 들러 갔다가 오죽 못났어야 그대로 쫓겨왔느냐고 손가락질을 받을 테니까―.

논둑에서 벌떡 일어나 한풀 죽은 장인님 앞으로 다가서며

"난 갈 테야유, 그동안 사경 쳐 내슈 뭐."

"너 사위로 왔지 어디 머슴 살러 왔니?"

"그러면 얼찐 성롈 해줘야 안 하지유. 밤낮 부려만 먹구 해준다 해준다―."

"글쎄 내가 안 하는 거냐? 그년이 안 크니까."

하고 어름어름 담배만 담으면서 늘 하는 소리를 또 늘어놓는다.

이렇게 따져나가면 언제든지 늘 나만 밑지고 만다. 이번엔 안 된다, 하고 대뜸 구장님한테로 담판 가자고 소

맷자락을 내 끌었다.

"아 이 자식이 왜 이래 어른을."

안 간다고 뻗디디고 이렇게 호령은 제 맘대로 하지만 장인님 제가 내 기운은 못 당한다. 막 부려먹고 딸은 안 주고 게다 땅땅 치는 건 다 뭐야—.

그러나 내 사실 참 장인님이 미워서 그런 것은 아니다.

그 전날 왜 내가 새고개 맞은 봉우리 화전밭을 혼자 갈고 있지 않았느냐. 밭 가생이로 돌 적마다 야릇한 꽃 내가 물컥물컥 코를 찌르고 머리 위에서 벌들은 가끔 붕, 붕, 소리를 친다. 바위틈에서 샘물 소리밖에 안 들리는 산골짜기니까 맑은 하늘의 봄볕은 이불 속같이 따스하고 꼭 꿈꾸는 것 같다. 나는 몸이 나른하고 몸살(을 아직 모르지만 병)이 나려고 그러는지 가슴이 울렁울렁하고 이랬다.

"어러이! 말이! 맘 마 마—."

이렇게 노래를 하며 소를 부리면 여느 때 같으면 어깨가 으쓱으쓱한다. 웬일인지 밭 반도 갈지 않아서 온몸의 맥이 풀리고 대구 짜증만 난다. 공연히 소만 들입다 두들기며—.

"안야! 안야! 이 망할 자식의 소(장인님의 소니까) 대리를 꺾어들라."

그러나 내 속은 정말 '안야' 때문이 아니라 점심을

이고 온 점순이의 키를 보고 울화가 났던 것이다.

점순이는 뭐 그리 썩 이쁜 계집애는 못 된다. 그렇다고 또 개떡이냐 하면 그런 것도 아니고 꼭 내 아내가 돼야 할 만치 그저 툽툽하게 생긴 얼굴이다. 나보다 십 년이 아래니까 올에 열여섯인데 몸은 남보다 두 살이나 덜 자랐다. 남은 잘도 헌칠히들 크건만 이건 위아래가 몽툭한 것이 내 눈에는 헐없이 감참외 같다. 참외 중에는 감참외가 제일 맛 좋고 예쁘니까 말이다. 둥글고 커단 눈은 서글서글하니 좋고 좀 지쳐 찢어졌지만 입은 밥술이나 혹혹히 먹음직하니 좋다. 아따 밥만 많이 먹게 되면 팔자는 고만 아니냐. 헌데 한 가지 파가 있다면 가끔가다 몸이 (장인님은 이걸 채신이 없이 들까분다고 하지만) 너무 빨리빨리 논다. 그래서 밥을 나르다가 때 없이 풀밭에다 깨빡을 쳐서 흙투성이 밥을 곧잘 먹인다. 안 먹으면 무안해할까 봐서 이걸 씹고 앉았노라면 으적으적 소리만 나고 돌을 먹는 겐지 밥을 먹는 겐지―.

그러나 이날은 웬일인지 성한 밥 채로 밭머리에 곱게 내려놓았다. 그리고 또 내외를 해야 하니까 저만큼 떨어져 이쪽으로 등을 향하고 웅크리고 앉아서 그릇 나기를 기다린다.

내가 다 먹고 물러섰을 때 그릇을 와서 챙기는데 그런데 난 깜짝 놀라지 않았느냐. 고개를 푹 숙이고 밥함지에 그릇을 포개면서 날더러 들으라는지 혹은 제 소린지

"밤낮 일만 하다 말 텐가!"

하고 혼자서 쫑알거린다. 고대 잘 내외하다가 이게 무슨 소린가, 하고 난 정신이 얼떨떨했다. 그러면서도 한편 무슨 좋은 수나 있는가 싶어서 나도 공중을 대고 혼잣말로

"그럼 어떡해?"

하니까

"성례시켜달라지 뭘 어떡해─."

하고 되알지게 쏘아붙이고 얼굴이 발개져서 산으로 그저 도망질을 친다.

나는 잠시 동안 어떻게 되는 심판인지 맥을 몰라서 그 뒷모양만 덤덤히 바라보았다.

봄이 되면 온갖 초목이 물이 오르고 싹이 트고 한다. 사람도 아마 그런가 보다, 하고 며칠 내에 부쩍 (속으로) 자란 듯싶은 점순이가 여간 반가운 것이 아니다.

이런 걸 멀쩡하게 안즉 어리다구 하니까─.

우리가 구장님을 찾아갔을 때 그는 싸리문 밖에 있는 돼지우리에서 죽을 퍼주고 있었다. 서울엘 좀 갔다 오더니 사람은 점잖아야 한다고 웃쉼이(얼른 보면 지붕 위에 앉은 제비 꼬랑지 같다) 양쪽으로 뾰죽이 뻗치고 그걸 애햄, 하고 늘 쓰담는 손버릇이 있다. 우리를 멀뚱히 쳐다보고 미리 알아챘는지

"왜 일들 허다 말구 그래?"

하더니 손을 올려서 그 애햄을 한번 훅딱 했다.

"구장님! 우리 장인님과 츰에 계약하기를—"

먼저 덤비는 장인님을 뒤로 떠다밀고 내가 허둥지둥 달려들다가 가만히 생각하고

"아니 우리 빙장님과 츰에."

하고 첫 번부터 다시 말을 고쳤다. 장인님은 빙장님, 해야 좋아하고 밖에 나와서 장인님, 하면 괜스레 골을 내려고 든다. 뱀두 뱀이래야 좋으냐구, 창피스러우니 남 듣는데는 제발 빙장님, 빙모님, 하라구 일상 말 조즘을 받아오면서 난 그것도 자꾸 잊는다. 당장도 장인님, 하다 옆에서 내 발등을 꾹 밟고 곁눈질을 흘기는 바람에야 겨우 알았지만—.

구장님도 내 이야기를 자세히 듣더니 퍽 딱한 모양이었다. 하기야 구장님뿐만 아니라 누구든지 다 그럴 게다. 길게 길러둔 새끼손톱으로 코를 후벼서 저리 탁 튀기며

"그럼 봉필 씨! 얼른 성롈 시켜주구려, 그렇게까지 제가 하구 싶다는걸—"

하고 내 짐작대로 말했다. 그러나 이 말에 장인님이 삿대질로 눈을 부라리고

"아 성례구 뭐구 기집애 년이 미처 자라야 할 게 아닌가?"

하니까 고만 멀쑥해서 입맛만 쩍쩍 다실 뿐이 아닌가—.

"그것두 그래!"

"그래, 거진 사 년 동안에도 안 자랐다니 그 킨 은제 자라지유? 다 그만두구 사경 내슈—."

"글쎄 이 자식아! 내가 크질 말라구 그랬니 왜 날보구 떼냐?"

"빙모님은 참새만 한 것이 그럼 어떻게 앨 낳지유?"(사실 장모님은 점순이보다도 귓배기 하나가 작다.)

장인님은 이 말을 듣고 껄껄 웃더니(그러나 암만해도 돌 씹은 상이다) 코를 푸는 척하고 날 은근히 골리려고 팔꿈치로 옆갈비께를 퍽 치는 것이다. 더럽다, 나도 종아리의 파리를 쫓는 척하고 허리를 구부리며 어깨로 그 궁둥이를 꽉 떼밀었다. 장인님은 앞으로 우찔근 하고 싸리문께로 쓰러질 듯하다 몸을 바로 고치더니 눈총을 몹시 쏘았다. 이런 쌍년의 자식 하곤 싶으나 남의 앞이라서 차마 못 하고 섰는 그 꼴이 보기에 퍽 쟁그러웠다.

그러나 이 말에는 별반 신통한 귀정을 얻지 못하고 도로 논으로 돌아와서 모를 부었다. 왜냐면 장인님이 뭐라고 귓속말로 수군수군하고 간 뒤다, 구장님이 날 위해서 조용히 데리고 아래와 같이 일러주었기 때문이다. (뭉태의 말은 구장님이 장인님에게 땅 두 마지기 얻어 부치니까 그래 꾀었다고 하지만 난 그렇게 생각않는다.)

"자네 말두 하기야 옳지, 암 나이 찼으니까 아들이

급하다는 게 잘못된 말은 아니야, 허지만 농사가 한창 바쁠 때 일을 안 한다든가 집으로 달아난다든가 하면 손해죄루 그것두 징역을 가거든! (여기에 그만 정신이 번쩍 났다.) 왜 요전에 삼포말서 산에 불 좀 놓았다구 징역 간 거 못 봤나, 제 산에 불을 놓아두 징역을 가는 이땐데 남의 농사를 버려주니 죄가 얼마나 더 중한가. 그리고 자넨 정장을(사경 받으러 정장 가겠다 했다) 간대지만 그러면 괜시리 죄를 들쓰고 들어가는 걸세. 또 결혼두 그렇지, 법률에 성년이란 게 있는데 스물하나가 돼야지 비로소 결혼을 할 수 있는 걸세. 자넨 물론 아들이 늦일 걸 염려하지만 점순이루 말하면 인제 겨우 열여섯이 아닌가. 그렇지만 아까 빙장님의 말씀이 올갈에는 열일을 제치고라두 성례를 시켜주겠다 하시니 좀 고마울 겐가, 빨리 가서 모 붓던 거나 마저 붓게, 군소리 말구 어서 가—."

그래서 오늘 아침까지 끽소리 없이 왔다.

장인님과 내가 싸운 것은 지금 생각하면 전혀 뜻밖의 일이라 안 할 수 없다. 장인님으로 말하면 요즈막 작인들에게 행세를 좀 하고 싶다고 해서

"돈 있으면 양반이지 별게 있느냐!"

하고 일부러 아랫배를 툭 내밀고 걸음도 뒤틀리게 걷고 하는 이판이다. 이까짓 나쯤 뚜들다 남의 땅을 가지고 모처럼 닦아놓았던 가문을 망친다든지 할 어른이 아니다. 또 나로 논지면 아무쪼록 잘 봬서 점순이에게 얼른

장가를 들어야 하지 않느냐―.

　이렇게 말하자면 결국 어젯밤 뭉태네 집에 마실 간 것이 썩 나빴다. 낮에 구장님 앞에서 장인님과 내가 싸운 것을 어떻게 알았는지 대구 빈정거리는 것이 아닌가.

　"그래 맞구두 그걸 가만둬?"

　"그럼 어떡허니?"

　"임마 봉필일 모판에다 거꾸루 박아놓지 뭘 어떡해?"

하고 괜히 내 대신 화를 내가지고 주먹질을 하다 등잔까지 쳤다. 놈이 본시 괄괄은 하지만 그래놓고 날더러 석유값을 물라고 막 찌다우를 붙는다. 난 어안이 벙벙해서 잠자코 앉았으니까 저만 연신 지껄이는 소리가―.

　"밤낮 일만 해주구 있을 테냐."

　"영득이는 일 년을 살구두 장갈 들었는데 넌 사 년이나 살구두 더 살아야 해."

　"네가 세 번째 사윈 줄이나 아니, 세 번째 사위."

　"남의 일이라두 분하다 이 자식아, 우물에 가 빠져 죽어."

　나중에는 겨우 손톱으로 목을 따라고까지 하고 제 아들같이 함부로 혹닥이었다. 별의별 소리를 다 해서 그대로 옮길 수는 없으나 그 줄거리는 이렇다―.

　우리 장인님이 딸이 셋이 있는데 맏딸은 재작년 가을에 시집을 갔다. 정말은 시집을 간 것이 아니라 그 딸도 데릴사위를 해가지고 있다가 내보냈다. 그런데 딸이 열 살 때부터 열아홉, 즉 십 년 동안에 데릴사위를 갈아 들이기를, 동리에선 사위 부자라고 이름이 났지마는 열네 놈이란 참 너무 많다. 장인님이 아들은 없고 딸만 있는 고로 그담 딸을 데릴사위를 해 올 때까지는 부려먹지 않으면 안 된다. 물론 머슴을 두면 좋지만 그건 돈이 드니까, 일 잘하는 놈을 고르느라고 연방 바꿔 들였다. 또 한편 놈들이 욕만 줄창 퍼붓고 심히도 부려먹으니까 밸이 상해서 달아나기도 했겠지. 점순이는 둘째 딸인데 내가 일테면 그 세 번째 데릴사위로 들어온 셈이다. 내 담으로 네 번째 놈이 들어올 것을 내가 일도 참 잘하고 그리고 사람이 좀 어수룩하니까 장인님이 잔뜩 붙들고 놓질 않는다. 셋째 딸이 인제 여섯 살, 적어도 열 살은 돼야 데릴사위를 할 테므로 그동안은 죽도록 부려먹어야 된다. 그러니 인제는 속 좀 차리고 장가를 들여 달라고 떼를 쓰고 나자빠져라, 이것이다.

나는 건으로 엉, 엉, 하며 귓등으로 들었다. 뭉태는 땅을 얻어 부치다가 떨어진 뒤로는 장인님만 보면 공연히 못 먹어서 으릉거린다. 그것도 장인님이 저 달라고 할 적에 제집에서 위한다는 그 감투(예전에 원님이 쓰던 것이라나, 옆구리에 뽕뽕 좀먹은 걸레)를 선뜻 주었더라면 그럴 리도 없었던걸—.

그러나 나는 뭉태란 놈의 말을 전수히 곧이듣지 않

았다. 꼭 곧이들었다면 간밤에 와서 장인님과 싸웠지 무사히 있었을 리가 없지 않은가. 그러면 딸에게까지 인심을 잃은 장인님이 혼자 나빴다.

실토이지 나는 점순이가 아침상을 가지고 나올 때까지는 오늘은 또 얼마나 밥을 담았나, 하고 이것만 생각했다. 상에는 된장찌개하고 간장 한 종지 조밥 한 그릇 그리고 밥보다 더 수부룩하게 담은 산나물이 한 대접 이렇다. 나물은 점순이가 틈틈이 해 오니까 두 대접이고 네 대접이고 멋대로 먹어도 좋으나 밥은 장인님이 한 사발 외엔 더 주지 말라고 해서 안 된다. 그런데 점순이가 그 상을 내 앞에 내려놓으며 제 말로 지껄이는 소리가

"구장님한테 갔다 그냥 온담그래!"

하고 엊그제 산에서와같이 되우 쫑알거린다. 딴은 내가 더 단단히 덤비지 않고 만 것이 좀 어리석었다. 속으로 그랬다. 나도 저쪽 벽을 향하여 외면하면서 내 말로

"안 된다는 걸 그럼 어떡헌담!"

하니까

"쉼을 잡아채지 그냥 뒤, 이 바보야!"

하고 또 얼굴이 빨개지면서 성을 내며 안으로 샐쭉하니 튀들어 가지 않느냐. 이때 아무도 본 사람이 없었게 망정이지 보았다면 내 얼굴이 어미 잃은 황새 새끼처럼 가엾다 했을 것이다.

사실 이때만치 슬펐던 일이 또 있었는지 모른다. 다

른 사람은 암만 못생겼다 해도 괜찮지만 내 아내 될 점순이가 병신으로 본다면 참 신세는 따분하다. 밥을 먹은 뒤 지게를 지고 일터로 가려 하다 도로 벗어 던지고 바깥마당 공석 위에 드러누워서 나는 차라리 죽느니만 같지 못하다 생각했다.

내가 일 안 하면 장인님 저는 나이가 먹어 못 하고 결국 농사 못 짓고 만다. 뒷짐으로 트림을 끌꺽, 하고 대문 밖으로 나오다 날 보고서

"이 자식아! 너 왜 또 이러니?"

"관객이 났어유, 아이구 배야!"

"기껀 밥 처먹고 나서 무슨 관객이야, 남의 농사 버려주면 이 자식아 징역 간다 봐라!"

"가두 좋아유, 아이구 배야!"

참말 난 일 안 해서 징역 가도 좋다 생각했다. 일후 아들을 낳아도 그 앞에서 바보 바보 이렇게 별명을 들을 테니까 오늘은 열 쪽이 난대도 결정을 내고 싶었다.

장인님이 일어나라고 해도 내가 안 일어나니까 눈에 독이 올라서 저편으로 힝하게 가더니 지게막대기를 들고 왔다. 그리고 그걸로 내 허리를 마치 돌 떠넘기듯이 쿡 찍어서 넘기고 넘기고 했다. 밥을 잔뜩 먹고 딱딱한 배가 그럴 적마다 퉁겨지면서 뱃창이 꼿꼿한 것이 여간 켕기지 않았다. 그래도 안 일어나니까 이번엔 배를 지게막대기로 위에서 쿡쿡 찌르고 발길로 옆구리를 차고 했

다. 장인님은 원체 심정이 궂어서 그러지만 나도 저만 못
하지 않게 배를 채었다. 아픈 것을 눈을 꽉 감고 넌 해라
난 재미난 듯이 있었으나 볼기짝을 후려갈길 적에는 나
도 모르는 결에 벌떡 일어나서 그 수염을 잡아챘다마는
내 골이 난 것이 아니라 정말은 아까부터 부엌 뒤 울타
리 구멍으로 점순이가 우리들의 꼴을 몰래 엿보고 있었
기 때문이다. 가뜩이나 말 한마디 톡톡히 못 한다고 바보
라는데 매까지 잠자코 맞는 걸 보면 짜정 바보로 알 게
아닌가. 또 점순이도 미워하는 이까짓 놈의 장인님 나곤
아무것도 안 되니까 막 때려도 좋지만 사정 보아서 수염
만 채고(제 원대로 했으니까 이때 점순이는 픽 기뻤겠
지) 저기까지 잘 들리도록

"이걸 까셀라 부다!"
하고 소리를 쳤다.

장인님은 더 약이 바짝 올라서 잡은 참 지게막대기
로 내 어깨를 그냥 내려 갈겼다. 정신이 다 아찔하다. 다
시 고개를 들었을 때 그때엔 나도 온몸에 약이 올랐다.
이 녀석의 장인님을, 하고 눈에서 불이 픽 나서 그 아래
밭 있는 넝 아래로 그대로 떼밀어 굴려버렸다. 조금 있다
가 장인님이 씩, 씩, 하고 한번 해보려고 기어오르는 걸
얼른 또 떼밀어 굴려버렸다.

기어오르면 굴리고 굴리면 기어오르고 이러길 한
너덧 번을 하며 그럴 적마다

"부려만 먹구 왜 성례 안 하지유!"

나는 이렇게 호령했다. 허지만 장인님이 선뜻 오냐 낼이라두 성례시켜주마, 했으면 나도 성가신 걸 그만두었을지 모른다. 나야 이러면 때린 건 아니니까 나종에 장인 쳤다는 누명도 안 들을 터이고 얼마든지 해도 좋다.

한번은 장인님이 헐떡헐떡 기어서 올라오더니 내 바짓가랑이를 요렇게 노리고서 단박 움켜잡고 매달렸다. 악, 소리를 치고 나는 그만 세상이 다 팽그르 도는 것이

"빙장님! 빙장님! 빙장님!"

"이 자식! 잡아먹어라 잡아먹어!"

"아! 아! 할아버지! 살려줍쇼 할아버지!"

하고 두 팔을 허둥지둥 내절 적에는 이마에 진땀이 쭉 내솟고 인젠 참으로 죽나 부다, 했다. 그래도 장인님은 놓질 않더니 내가 기어이 땅바닥에 쓰러져서 거진 까무러치게 되니까 놓는다. 더럽다 더럽다. 이게 장인님인가, 나는 한참을 못 일어나고 쩔쩔맸다.

그러다 얼굴을 드니 (눈에 참 아무것도 보이지 않았다) 사지가 부르르 떨리면서 나도 엉금엉금 기어가 장인님의 바짓가랑이를 꽉 움키고 잡아 나꿨다.

내가 머리가 터지도록 매를 얻어맞은 것이 이 때문이다. 그러나 여기가 또한 우리 장인님이 유달리 착한 곳이다. 여느 사람이면 사경을 주어서라도 당장 내쫓았지 터진 머리를 불솜으로 손수 지져주고, 호주머니에 희연

한 봉을 넣어주고 그리고

"올갈엔 꼭 성례를 시켜주마, 암말 말구 가서 뒷골의 콩밭이나 얼른 갈아라."

하고 등을 뚜덕여줄 사람이 누구냐.

나는 장인님이 너무나 고마워서 어느덧 눈물까지 났다. 점순이를 남기고 인젠 내쫓기려니, 하다 뜻밖의 말을 듣고

"빙장님! 인제 다시는 안 그러겠어유—."

이렇게 맹서를 하며 부랴사랴 지게를 지고 일터로 갔다.

그러나 이때는 그걸 모르고 장인님을 원수로만 여겨서 잔뜩 잡아당겼다.

"아! 아! 이놈아! 놔라, 놔, 놔—."

장인님은 헷손질을 하며 솔개미에 챈 닭의 소리를 연해 질렀다. 놓긴 왜, 이왕이면 호되게 혼을 내주리라, 생각하고 짓궂이 더 댕겼다마는 장인님이 땅에 쓰러져서 눈에 눈물이 피잉 도는 것을 알고 좀 겁도 났다.

"할아버지! 놔라, 놔, 놔, 놔놔."

그래도 안 되니까

"애 점순아! 점순아!"

이 악장에 안에 있었던 장모님과 점순이가 헐레벌떡하고 단숨에 뛰어나왔다.

나의 생각에 장모님은 제 남편이니까 역성을 할는

지도 모른다. 그러나 점순이는 내 편을 들어서 속으로 고소해서 하겠지— 대체 이게 웬 속인지 (지금까지도 난 영문을 모른다) 아버질 혼내주기는 제가 내래놓고 이제 와서는 달겨들며

"에그머니! 이 망할 게 아버지 죽이네!"

하고 내 귀를 뒤로 잡아당기며 마냥 우는 것이 아니냐. 그만 여기에 기운이 탁 꺾이어 나는 얼빠진 등신이 되고 말았다. 장모님도 덤벼들어 한쪽 귀마저 뒤로 잡아채면서 또 우는 것이다.

이렇게 꼼짝 못 하게 해놓고 장인님은 지게막대기를 들어서 사뭇 내려 조겼다. 그러나 나는 구태여 피할랴지도 않고 암만해도 그 속 알 수 없는 점순이의 얼굴만 멀거니 들여다보았다.

"이 자식! 장인 입에서 할아버지 소리가 나오도록 해?"

—〈조광〉, 1935. 12.

아내

        우리 마누라는 누가 보든지 뭐 이쁘다고는 안 할 것이다. 바로 계집에 환장된 놈이 있다면 모르거니와. 나도 일상 같이 지내긴 하나 아무리 잘 고쳐 보아도 요만치도 이쁘지 않다. 허지만 계집이 낯짝이 이뻐 맛이냐. 제기할 황소 같은 아들만 줄대 잘 빠쳐놓으면 고만이지. 사실 우리 같은 놈은 늙어서 자식까지 없다면 꼭 굶어 죽을밖에 별도리 없다. 가진 땅 없어, 몸 못 써 일 못 하여, 이걸 누가 열쳤다고 그냥 먹여줄 테냐. 하니까 내 말이 이왕 젊어서 되는 대로 자꾸 자식이나 쌓아두자 하는 것이지.

그리고 에미가 낯짝 글렀다고 그 자식까지 더러운 법은 없으렸다. 아 바로 우리 똘똘이를 보아도 알겠지만 즈 에미 년은 쥐었다 논 개떡 같아도 좀 똑똑하고 낄끗이 생겼느냐. 비록 먹고도 대구 또 달라고 불아귀처럼 덤비기는 할망정. 참 이놈이야말로 나에게는 아버지보담도 할아버지보담도 아주 말할 수 없이 끔찍한 보물이다.

년이 나에게 되지 않은 큰 체를 하게 된 것도 결국 이 자식을 낳았기 때문이다. 전에야 그 상판대길 가지고 어딜 끽소리나 제법 했으랴. 흔히 말하길 계집의 얼굴이란 눈의 안경이라 한다. 마는 제아무리 물커진 눈깔이라도 이 얼굴만은 어째볼 도리 없을 게다.

이마가 홀떡 까지고 양미간이 벌면 소견이 탁 트였다지 않냐. 그럼 좋기는 하다마는 아기자기한 맛이 없고 이 조로 둥글넓적이 내려온 하관에 멋없이 쑥 내민 것이 입이다. 두툼은 하나 건순입술^{위로 들린 입술} 말 좀 하려면 그리 정하지 못한 윗니가 분질없이 뻗질 드러난다. 설혹 그렇다 치고 한복판에 달린 코나 좀 똑똑히 생겼다면 얼마 낫겠다. 첫대 눈에 띄는 것이 그 코인데, 이렇게 말하면 년의 숭을 보는 것 같지만, 썩 잘 보자 해도 먼 산 바라보는 도야지의 코가 자꾸만 생각이 난다.

꼴이 이러니까 밤이면 내 눈치만 스을슬 살피는 것이 아니냐. 오늘은 구박이나 안 할까, 하고 은근히 애를 태우는 맥이렷다. 이게 가여워서 피곤한 몸을 무릅쓰고 대개 내가 먼저 말을 걸게 된다. 온종일 뭘 했느냐는 둥, 싸리문을 좀 고쳐놓으라 했더니 어떻게 했느냐는 둥, 혹은 오늘 밤에는 웬일인지 코가 훨씬 좋아 보인다는 둥, 하고. 그러면 년이 금세 헤에 벌어지고 헝하게 내 곁에 와 앉아서는 어깨를 비겨대고 슬근슬근 부빈다. 그리고 코가 좋아 보인다니 정말 그러냐고 몸이 닳아서 묻고 또 묻고 한다. 저로도 믿지 못할 그 사실을 한때의 위안이나마 또 한 번 들어보자는 심정이렷다. 그 속을 알고 짜정 콧날이 스나부다고 하면 년의 대답이 뒷간엘 갈 적마다 잡아댕기고 했더니 혹 나왔을지 모른다나 그리고 아주 좋아한다.

그러나 어느 때에는 한나절 밭고랑에서 시달린 몸이 고만 축 늘어지는구나. 물론 말 한마디 붙일 새 없이 방바닥에 그대로 누워버리지. 허면 년이 제 얼굴 때문에 그런 줄 알고 한구석에 가 시무룩해서 앉았다. 얼굴을 모로 돌리어 턱을 뻐쭉 쳐들고 있는 걸 보면 필연 제깐엔 옆얼굴이나 한번 봐달라는 속이겠지. 경칠 년. 옆얼굴이라고 뭐 깨묵셍이나 좀 난 줄 알구ㅡ.

이러던 년이 똘똘이를 내놓고는 갑작이 세도가 댕댕해졌다. 내가 들어가도 네놈 은제 봤냔 듯이 좀체 들떠보는 법 없지. 눈을 스르르 내리깔고는 잠자코 아이에게 젖만 먹이겠다. 내가 좀 아이의 머리라도 쓰다듬으면

"이 자식, 밤낮 잠만 자나?"

"가만둬, 왜 깨놓고 싶음감."

하고 사정없이 내 손등을 주먹으로 갈긴다. 나는 처음에 어떻게 되는 셈인지 몰라서 멀거니 천장만 한참 쳐다보았다. 내 자식 내가 만지는데 주먹으로 때리는 건 무슨 경오야. 허지만 잘 따져보니까 조금도 내가 억울할 것은 없다. 년이 나에게 큰 체를 해야 될 권리가 있는 것을 차차 알았다. 그래서 그때부터 내가 이년, 하면 저는 이놈, 하고 대들기로 무언중 계약되었지.

동리에서는 남의 속은 모르고 우리를 깍따귀들이라고 별명을 지었다. 툭하면 서로 대들려고 노리고만 있으니까 말이지. 하긴 요즘에 하루라도 조용한 날이 있을까봐서 만나기만 하면 이놈, 저년, 하고 먼저 대들기로 위주다. 다른 사람들은 밤에 만나면

"마누라 밥 먹었수?"

"아니오, 당신 오면 같이 먹을랴구—."

하고 일어나 반색을 하겠지만 우리는 안 그러기. 누가 그렇게 괭이 소리로 달라붙느냐. 방에 떡 들어서는 길로 우선 넓적한 년의 궁뎅이를 발길로 퍽 들이질른다.

"이년아! 일어나서 밥 차려—."

"이눔이 왜 이래, 대릴 꺾어놀라."

하고 년이 고개를 겨우 돌리면

"나무 판 돈 뭐 했어, 또 술 처먹었지?"

이렇게 제법 탕탕 호령하였다. 사실이지 우리는 이

○

래야 정이 보째 쏟아지고 또한 계집을 데리고 사는 멋이 있다. 손자새끼 낯을 해가지고 마누라 어쩌구 하고 어리광으로 덤비는 건 보기만 해도 눈허리가 시질 않겠니. 계집 좋다는 건 욕하고 치고 차고, 다 이러는 멋에 그렇게 치고 보면 혹 궁한 살림에 쪼들리어 악에 받친 놈의 말일지는 모른다. 마는 누구나 다 일반이겠지 가다가 속이 맥맥하고 부아가 끓어오를 적이 있지 않냐. 농사는 지어도 남는 것이 없고 빚에는 몰리고, 게다가 집에 들어서면 자식 놈 킹킹거려, 년은 옷이 없으니 떨고 있어 이러한 때 그냥 배길 수야 있느냐. 트죽태죽 꼬집어가지고 년의 비녀쪽을 턱 잡고는 한바탕 홀두들겨대는구나. 한참 그 지랄을 하고 나면 등줄기에 땀이 뿍 흐르고 한숨까지 후, 돈다면 웬만치 속이 가라앉을 때였다. 담에는 년을 도로 밀쳐버리고 담배 한 대만 피워 물면 된다.

이 멋에 계집이 고마운 물건이라 하는 것이고 내가 또 년을 못 잊어하는 까닭이 거기 있지 않냐. 그렇지 않다면야 저를 계집이라고 등을 뚜덕여주고 그 못난 코를 좋아 보인다고 가끔 추어줄 맛이 뭐야. 허지만 년이 훌쩍거리고 앉아서 우는 걸 보면 이건 좀 재미 적다. 제가 주먹심으로든 입심으로든 나에게 덤빌려면 어림도 없다. 쌈의 시초는 누가 먼저 걸었든 간 언제든지 경을 팟다발같이 치고 나앉는 것은 년의 차지렷다.

"이리 와 자빠져 자―."

"곤두어 너나 자빠져 자렴―."

하고 년이 독이 올라서 돌아다도 안 보고 비쌘다^{한 그런 체하}^다. 마는 한 서너 번 내려오라고 권하면 나중에는 저절로 내 옆으로 스르르 기어들게 된다. 그리고 눈물 흐르는 장반을 벙긋이 흘겨보는 것이 아니냐. 하니까 년으로 보면 두들겨 맞고 비쌔는 멋에 나하고 사는지도 모르지.

그러나 우리가 원수같이 늘 싸운다고 정이 없느냐 하면 그건 잘못이다. 말이 났으니 말이지 정분치고 우리 것만치 찰떡처럼 끈끈한 놈은 다시없으리라. 미우면 미울수록 싸울수록 잠시를 떨어지기가 아깝도록 정이 착착 붙는다. 부부의 정이란 이런 겐지 모르나 하여튼 영문 모를 찰거머리 정이다. 나뿐 아니라 년도 매를 한참 뚜들겨 맞고 나서 같이 자리에 누우면

"내 얼굴이 그래두 그렇게 숭업진 않지?"

하고 정말 잘난 듯이 바짝바짝 대든다. 그러면 나는 이때 뭐라고 대답해야 옳겠느냐. 하 기가 막혀서 천장을 처다보고 피익 내어버린다.

"이년아! 그게 얼굴이야?"

"얼굴 아니면 가주 다닐까―."

"내니깐 이년아! 데리구 살지 누가 근디리니 그 낯짝을?"

"뭐, 네 얼굴은 얼굴인 줄 아니? 불밤송이 같은 거, 참 내니깐 데리구 살지―."

이러면 또 일어나서 땀을 한번 흘리고 다시 드러누울 수밖에 없다. 내 얼굴이 불밤송이 같다니 이래도 우리 어머니가 나를 낳고서 낭종 땅마지기나 만져볼 놈이라고 좋아하던 이 얼굴인데. 하지만 다시 일어나고 손짓 발짓을 하고 하는 게 성이 가서서 대개는 그대로 눙쳐둔다.

"그래, 내 너 이뻐할게 자식이나 대구 내놔라."

"먹이지도 못할 걸 자꾸 나 뭘 하게, 굶겨 죽일랴구?"

"아 이년아! 뭐다 먹이진 못하니?"

하고 소리는 뻑 지르나 딴은 뒤가 켕긴다. 더끔더끔 모아 두었다가 먹이지나 못하면 그걸 어떻게 하나 줴다 버리지도 못하고 죽이지도 못하고 떼송장이 난다면 연히 이런 걸 보면 넌이 나보담 훨씬 소견이 된 것을 알 수 있겠다. 물론 십 리만큼 벌어진 양미간을 보아도 나오는 턱이 다르지만—.

우리가 요즘 먹는 것은 내가 나무 장사를 해서 벌어들인다. 여름 같으면 품이나 판다 하지만 눈이 척척 쌓였으니 얼음을 꺼 먹느냐. 하기야 산골에서 어느 놈치고 별수 있겠냐마는 하루는 산에 가서 나무를 해 들이고 그 담 날엔 읍에 갔다가 판다. 나니깐 참 쌍지게질도 할 근력이 되겠지만. 잔뜩 나무 두 지게를 혼자서 번차례로 이놈 져다 놓고 쉬고 저놈 져다 놓고 쉬고 이렇게 해서 장 찬 삼십 리 길을 한나절에 들어가는구나. 그렇지 않으면

언제 한 지게 한 지게씩 팔아서 목구녕을 축일 수 있겠
느냐. 잘 받으면 두 지게에 팔십 전, 운이 나쁘면 육십 전
육십오 전 그걸로 좁쌀, 콩, 떡, 무엇 사 들고 찾아오겠다.
죽을 쑤었으면 좀 느루 가겠지만 우리는 더럽게 그런 짓
은 안 한다. 먹다 못 먹어서 뱃가죽을 움켜쥐고 나설지언
정 으레 밥이지. 똘똘이는 네 살짜리 어린애니깐 한 보시
기, 나는 즈 아버지니까 한 사발에다 또 반 사발을 더 먹
고 그런데 년은 유독히 두 사발을 처먹지 않나. 그러고도
나보다 먼저 홀딱 집어세고는 내 사발의 밥을 한 구텡이
더 떠먹는 버릇이 있다. 계집이 좋다 했더니 이게 밥버러
지가 아닌가 하고 한때는 가슴이 선듯할 만치 겁이 났다.
없는 놈이 양이나 좀 적어야지 이렇게 대구 처먹으면 너
웬 밥을 이렇게 처먹니 하고 눈을 크게 뜨니까 년의 대
답이 애 난 배가 그렇지 그럼, 저도 앨 나보지 하고 샐쭉
이 토라진다. 압다 그래, 대구 처먹어라. 낭중 밥값은 그
배때기에 다 게 있고 게 있는 거니까. 어떤 때에는 내가
좀 덜 먹고라도 그대로 내주고 말겠다. 경을 칠 년. 하지
만 참 너무 처먹는다.

　　그러나 년이 떡꿍이 농간을 해서 나보담 한결 의뭉
스럽다. 이깐 농사를 지어 뭘 하느냐, 우리 들병이로 나
가자, 고. 딴은 내 주변으로 생각도 못 했던 일이지만 참
훌륭한 생각이다. 밑지는 농사보다는 이밥에, 고기에, 옷
마음대로 입고 좀 호강이냐. 마는 년의 얼굴을 이윽히 뜯

어보다간 고만 풀이 죽는구나. 들병이에게 술 먹으러 오는 건 계집의 얼굴 보자 하는 걸 어떤 밸 없는 놈이 저 낮짝엔 몸살 날 것 같지 않다. 알고 보니 참 분하다. 년이 좀만 똑똑히 나왔다면 수가 나는걸. 멀뚱히 쳐다보고 쓴 입맛만 다시니까 년이 그 눈치를 채었는지

"들병이가 얼굴만 이뻐서 되는 게 아니라던데, 얼굴은 박색이라도 수단이 있어야지—."

"그래 너는 그거 할 수단 있겠니?"

"그럼 하면 하지 못할 게 뭐야."

년이 이렇게 아주 번죽 좋게 장담을 하는 것이 아니냐. 들병이로 나가서 식성대로 밥 좀 한바탕 먹어보자는 속이겠지. 몇 번 다져 물어도 제가 꼭 될 수 있다니까 압다 그러면 한번 해보자구나 밑천이 뭐 드는 것도 아니고 소리나 몇 마디 반반히 가르쳐서 데리고 나서면 고만이니까.

내가 밤에 집에 돌아오면 년을 앞에 앉히고 소리를 가르치겠다. 우선 내가 무릎장단을 치며 아리랑 타령을 한번 부르는구나. 아리랑 아리랑 아라리요, 춘천아 봉의산아 잘 있거라, 신연강 배 타면 하직이라. 산골의 계집이면 강원도 아리랑쯤은 곧잘 하련만 년은 그것도 못 배웠다. 그러니 쉬운 아리랑부터 시작할밖에. 그러면 년은 도사리고 앉아서 두 손으로 응뎅이를 치며 숭내를 낸다. 목구녕에선 질그릇 물러앉는 소리가 나니까 낭종에 목

이 트이면 노래는 잘할 게다마는 가락이 딱딱 들어맞아야 할 텐데 이게 세상에 돼먹어야지. 나는 노래를 가르치는데 이 망할 년은 소설책을 읽고 앉았으니 어떡하냐. 이걸 데리고 앉으면 흔히 닭이 울고 때로는 날도 밝는다. 년이 하도 못 하니까 본보기로 나만 하고 또 하고 또 하고 그러니 저를 들병이를 아르킨다는 게 결국 내가 배우는 폭이 되지 않나. 망할 년 저도 손으로 가리고 하품을 줄대 하며 졸려 죽겠지. 하지만 내가 먼저 자자 하기 전에는 제가 차마 졸리다진 못하라. 애최 들병이로 나가자, 말을 낸 것이 누군데 그래. 이렇게 생각하면 울화가 불컥 올라서 주먹이 가끔 들어간다.

"이년아? 정신을 좀 채려, 나만 밤낮 하래니?"

"이놈이― 팔때길 꺾어놀라."

"이거 잘 배면 너 잘되지 이년아! 날 주는 거냐 큰체게?"

이번엔 손가락으로 이마빼기를 꾹 찍어서 뒤로 떠넘긴다. 여느 때 같으면 년이 독살이 나서 저리로 내뺄게다. 제가 한 죄가 있으니까 다시 일어나서 소리 아르켜주기만 기다리는 게 아니냐. 하니 딱한 일이다. 될지 안 될지도 의문이거니와 서로 하품은 뻗질 터지고 이왕 내친걸음이니 그렇다고 안 할 수도 없고 예라 빌어먹을 거, 너나 내나 얼른 팔자를 고쳐야지 늘 이러다 말 테냐. 이렇게 기를 한번 쓰는구나. 그리고 밤의 산천이 울리도록 소리를 빽빽 질러가며 년하고 또다시 흥타령을 부르 겠다.

그래도 하나 기특한 것은 년이 성의는 있단 말이지. 하기는 그나마도 없다면야 들병이커녕 깨묵도 그르지만. 날이라도 틈만 있으면 저 혼자서 노래를 연습하는구나. 빨래를 할 적이면 빨래 방추로 가락을 맞추어가며 이팔 청춘을 부른다. 혹은 방 한구석에 죽치고 앉아서 어깻짓 으로 버선을 꼬여 매며 노랫가락도 부른다. 노래 한 장단 에 바늘 한 뀌엄 식이니 버선 한 짝 길려면 열나절은 걸 리지. 하지만 압다 버선으로 먹고사느냐, 노래만 잘 배워 라. 년도 나만치나 이밥에 고기가 얼른 먹고 싶어서 몸살 도 나는지 어떤 때에는 바깥 밭둑을 지나려면 뒷간 속에 서 콧노래가 흥이거릴 적도 있겠다. 그러나 인제 노랫가 락에 흥 타령쯤 겨우 배웠으니 그담 건 어느 하가에 배 우느냐, 망할 년두 참.

게다가 년이 시큰둥해서 날더러 신식 창가를 아르 켜달라구. 들병이는 구식 소리도 잘해야 하겠지만 첫대 시체 창가를 알아야 불려먹는다, 한다. 말은 그럴 법하나 내가 어디 시체 창가를 알 수 있냐, 땅이나 파먹던 놈이 나는 그런 거 모른다, 하고 좀 무색했더니 며칠 후에는 년이 시체 창가 하나를 배가주 왔다. 화로를 끼고 앉아 서 그 전을 두드리며 네 보란 듯이 자랑스럽게 하는 것 이 아닌가. 피었네 피었네 연꽃이 피었네 피었다구 하였더니 볼 동안에 옴쳤네. 대체 이걸 어서 배웠을까, 얘 이년 참 나보담 수단이 좋구나, 하고 나는 퍽 감탄하였다. 그랬더니 낭종 알고 보니까 년이 어느 틈에 야학에 가서 배우질 않았겠니. 야학이란 요 산 뒤에 있는 조고만 움인데 농군 아이에게 한겨울 동안 국문을 아르킨다. 창가를 할 때쯤 해서 년이 춘 줄도 모르고 거길 찾아간다. 아이를 업고 문밖에 서서 귀를 기울이고 엿듣다가 저도 가만가만히 숭내를 내보고 내보고 하는 것이다. 그래가지고 집에 와서는 희짜를 뽑고 야단이지. 신식 창가는 며칠만 좀 더 배우면 아주 능통하겠다나.

그러나 아무리 생각해봐도 년의 낯짝만은 걱정이다. 소리는 차차 어지간히 되어 들어가는데 이놈의 얼굴이 암만 봐도, 봐도 영 글렀구나. 경칠 년, 좀만 얌전히 나왔다면 이 판에 돈 한몫 크게 잡는걸. 간혹가다 제물에 화가 뻗치면 아무 소리 않고 년의 뱃기를 한 두어 번 안 줴박을 수 없다. 웬 영문인지 몰라서 년도 눈깔을 크게 굴리고 벙벙히 쳐다보지. 땀을 낼 년. 그 낯짝을 하고 나한테로 시집을 온담 뻔뻔하게. 하나 년도 말은 안 하지만 제 얼굴 때문에 가끔 성화이지 쪽 떨어진 손거울을 들고 앉아서 이리 뜯어보고 저리 뜯어보고 하지만 눈깔이야 일반이겠지 저라고 나 뵐 리가 있겠니. 하니까 오장 썩는 한숨이 연방 터지고 한풀 죽는구나. 그러나 요행히 내가 방에 있으면 돌아다보고

"이봐! 내 얼굴이 요즘 좀 나가지 않어?"

"그래, 좀 난 것 같다."

"아니 정말 해봐—."

하고 이년이 팔때기를 꼬집고 바싹바싹 들이덤빈다. 년이 능글차서 나쯤은 좋도록 대답해주려니, 하고 아주 탁 믿고 묻는 게럿다. 정말 본 대로 말할 사람이면 제가 겁이 나서 감히 묻지도 못한다. 짐짓 이뻐졌다, 하고 나도 능청을 좀 부리면 년이 좋아서 요새 분때를 자주 밀었으니까 좀 나졌다지, 하고 들병이는 뭐 그렇게까지 이쁘지 않아도 된다고 또 구구히 설명을 늘어놓는다. 경을 칠년. 계집은 얼굴 밉다는 말이 칼로 찌르는 것보다도 더 무서운 모양 같다. 별 욕을 다 하고 개 잡듯 막 뚜드려도 조금 뒤에는 헤, 하고 앞으로 겨드는 이년이다. 마는 어쩌나. 제 얼굴의 숭이나 좀 본다면 사흘이고 나흘이고 년이 나를 스을슬 피하며 은근히 골리려고 든다. 망할 년. 밉다는 게 그렇게 진저리가 나면 아주 면사포를 쓰고 다니지그래. 년이 능청스러워서 조금만 이뻤더라면 나는 얼렁얼렁해 내버리고 돈 있는 놈 군서방[^1] 해 갔으렷다. 계집이 얼굴이 이쁘면 제값 다 하니까. 그렇게 생각하면 년의 낯짝 더러운 것이 나에게는 불행 중 다행이라 안 할 수 없으리라.

계집은 아마 남편을 속여먹는 맛에 깨가 쏟아지나 보다. 년이 들병이 노릇을 할 수단이 있다고 괜히 장담한

[^1]: '샛서방'의 함경도 사투리

것도 저의 이 행실을 믿고 그랬는지도 모른다. 새벽 일찍이 뒤를 보려니까 어디서 창가를 부른다. 거적 틈으로 내다보니 넌이 밥을 끓이면서 연습을 하지 않나. 눈보라는 생생 소리를 치는데 보강지에 쪼그리고 앉아서 부지깽이로 솥뚜껑을 톡톡 두드리겠다. 그리고 거기 맞추어 신식 창가를 청승맞게 부르는구나. 그러다 밥이 우루루 끓으니까 뙤를 빗겨놓고 다시 시작한다. 젊어서도 할미꽃 늙어서도 할미꽃 아하하하 우습다 꼬부라진 할미꽃. 망할 년. 창가는 경치게도 좋아하지, 〈방아 타령〉 좀 부지런히 공부해두라니까 그건 안 하구. 압다 아무 거라두 많이 하니 좋다. 마는 이번엔 저고리 섶이 들먹들먹하더니 아 웬 곰방대가 나오지 않냐. 사방을 흘끔흘끔 다시 살피다 아무도 없으니까 보강지에다 들이대고 한 먹음 뿌욱 빠는구나. 그리고 냅다 재채기를 줄대 뽑고 코를 풀고 이 지랄이다. 그저께도 들켜서 경을 쳤더니 넌이 또 내 담배를 훔쳐가지고 나온 것이다. 돈 안 드는 소리나 배웠겠지 망한 년 아까운 담배를. 곧 뛰어나가려다 뒤도 급하거니와 요즘 똘똘이가 감기로 앓는다. 넌이 밤낮 들쳐업고 야학으로 돌아치더니 그예 그 꼴을 만들었다. 오라질 년, 남의 아들을 중한 줄을 모르고. 들병이 하다가 이것 행실 버리겠다. 망할 년이 하는 소리가 들병이가 되려면 소리도 소리려니와 담배도 먹을 줄 알고 술도 마실 줄 알고 사람도 주무를 줄 알고 이래야 쓴다나. 이게 다 요전에 동리에 들어왔던 들병이에게 들은풍월이렷다. 그래서 저도 연습 겸 골고루 다 한 번씩 해보고 싶어서 아주 안달이 났다. 〈방아 타령〉 하나 변변히 못 하는 년이 소리는 고걸로 될 듯싶은지!

이런 기맥을 알고 년을 농락해먹은 놈이 요 아래 사는 뭉태 놈이다. 놈도 더러운 놈이다. 우리 마누라의 이 낯짝에 몸이 닮았다면 그만함 다 얼짜지. 어디 계집이 없어서 그걸 손을 대구, 망할 자식두. 놈이 와서 섣달 대목이니 술 얻어먹으러 가자고 년을 꼬였구나. 조금 있으면 내가 올 테니까 안 된다 해도 오기 전에 잠깐만, 하고 손을 내 끌었다. 들병이로 나가려면 우선 술 파는 경험도 해봐야 하니까, 하는 바람에 년이 솔깃해서 덜렁덜렁 따라 섰겠지. 집안을 망할 년. 남편이 나무를 팔러 갔다 늦으면 밥 먹일 준비를 하고 기다려야 옳지 않으냐. 남은 밤길을 삼십 리나 허덕지덕 걸어오는데. 눈이 푹푹 쌓여서 발모가지는 떨어져 나가는 듯이 저리고. 마을에 들어왔을 때에는 짜정 곧 쓰러질 듯이 허기가 졌다. 얼른 가서 밥 한 그릇 때려뉘고 년을 데리고 앉아서 또 소리를 아르켜야지. 이런 생각을 하고 술집 옆을 지나다가 뜻밖에 깜짝 놀란 것은 그 밖 앞방에서 년의 너털웃음이 들린다. 얼른 다가가서 문틈으로 들여다보니까 아 이 망할 년이 뭉태하고 술을 먹는구나.

입때까지는 하도 우스워서 꼴들만 보고 있었지만

더는 못 참는다. 지게를 벗어 던지고 방문을 홱 열어젖히자 우선 놈부터 방바닥에 메다꽂았다. 물론 술상은 발길로 찼으니까 벽에 가 부서졌지. 담에는 년의 비녀쪽을 지르르 끌고 밖으로 나왔다. 술 취한 년은 정신이 번쩍 들도록 흠빡 경을 쳐줘야 할 터이니까 눈에다 틀어박았다. 그리고 깔고 올라앉아서 망할 년 등줄기를 주먹으로 대구 후렸다. 때리면 때릴수록 점점 눈 속으로 들어갈 뿐, 발악을 치기에는 너무 취했다. 때리는 것도 년이 대들어야 멋이 있지 이러면 아주 승겁다. 년은 그대로 내버리고 방으로 들어가서 놈을 찾으니까 이 빌어먹을 자식이 생쥐 새끼처럼 어디로 벌써 내빼지 않았나. 참말이지 이런 자식 때문에 우리 동리는 망한다. 남의 계집을 보았으면 마땅히 남편 앞에 나와서 대강이가 깨져야 옳지 그래 달아난담. 못생긴 자식도 다 많지. 할 수 없이 척 늘어진 이 년을 등에다 업고 비척비척 집으로 올라오자니까 죽겠구나. 날은 몹시 차지, 배는 쑤시도록 고프지, 좀 노하려야 더 노할 근력이 없다. 게다 우리 집 앞 언덕을 올라다 엎어져서 무르팍을 크게 깠지. 그리고 집엘 들어가니까 빈방에는 똘똘이가 혼자 에미를 부르고 울고 된통 법석이다. 망할 잡년두. 남의 자식을 그래 이렇게 길러주면 어떡할 작정이람. 년의 꼴 봐하니 행실은 예전에 글렀다. 이년하고 들병이로 나갔다가는 넉넉히 나는 한옆에 재워놓고 딴 서방 차고 달아날 년이야. 너는 들병이로 돈 벌 생각도 말고 그저 집 안에 가만히 앉았는 것이 옳겠다. 구구루 주는 밥이나 얻어먹고 몸 성히 있다가 연해 자식이나 쏟아라. 뭐 많이도 말고 굴 때 같은 아들로만 한 열다섯이면 족하지. 가만있자, 한 놈이 일 년에 벼 열 섬씩만 번다면 열댓 섬이니까 일백오십 섬. 한 섬에 더도 말고 십 원 한 장씩만 받는다면 죄다 일천오백 원이지. 일천오백 원, 일천오백 원, 사실 일천오백 원이면 어이구 이건 참 너무 많구나. 그런 줄 몰랐더니 이년이 배 속에 일천오백 원을 지니고 있으니까 아무렇게 따져도 나보담은 낫지 않은가.

— 〈사해공론〉, 1935. 12.

동백꽃

오늘도 또 우리 수탉이 막 쪼키었다. 내가 점심을 먹고 나무를 하러 갈 양으로 나올 때이었다. 산으로 올라서려니까 등 뒤에서 푸드득, 푸드득, 하고 닭의 횃소리가 야단이다. 깜짝 놀라며 고개를 돌려보니 아니나 다르랴 두 놈이 또 얼리었다.

점순네 수탉(은 대강이가 크고 똑 오소리같이 실팍하게 생긴 놈)이 덩저리'몸집'을 낮잡아 이르는 말 적은 우리 수탉을 함부로 해내는 것이다. 그것도 그냥 해내는 것이 아니라 푸드득, 하고 면두를 쪼고 물러섰다가 좀 사이를 두고 또 푸드득, 하고 모가지를 쪼았다. 이렇게 멋을 부려가

○

며 여지없이 닭아놓는다. 그러면 이 못생긴 것은 쪼일 적
마다 주둥이로 땅을 받으며 그 비명이 킥, 킥, 할 뿐이다.
물론 미처 아물지도 않은 면두를 또 쪼키어 붉은 선혈은
뚝뚝 떨어진다.

　이걸 가만히 내려다보자니 내 대강이가 터져서 피
가 흐르는 것같이 두 눈에서 불이 번쩍 난다. 대뜸 지게
막대기를 메고 달겨들어 점순네 닭을 후려칠까 하다가
생각을 고쳐먹고 헷매질로 떼어만 놓았다.

　이번에도 점순이가 쌈을 붙여놨을 것이다. 바짝바
짝 내 기를 올리느라고 그랬음에 틀림없을 것이다. 고놈
의 계집애가 요새로 들어서서 왜 나를 못 먹겠다고 고렇
게 아르릉거리는지 모른다.

　나흘 전 감자 쪼간만 하더라도 나는 저에게 조금도
잘못한 것은 없다.

　계집애가 나물을 캐러 가면 갔지 남 울타리 엮는데
쌩이질을 하는 것은 다 뭐냐. 그것도 발소리를 죽여가지
고 등 뒤로 살며시 와서

　"얘! 너 혼자만 일하니?"
하고 긴치 않은 수작을 하는 것이다.

　어제까지도 저와 나는 이야기도 잘 않고 서로 만나
도 본 척 만 척하고 이렇게 점잖게 지내던 터이련만 오
늘로 갑작스레 대견해졌음은 웬일인가. 항차 망아지만
한 계집애가 남 일하는 놈보구―.

"그럼 혼자 하지 떼루 하디?"

내가 이렇게 내뱉는 소리를 하니까

"너 일하기 좋니?"

또는

"한여름이나 되거던 하지 벌써 울타리를 하니?"

잔소리를 두루 늘어놓다가 남이 들을까 봐 손으로 입을 틀어막고는 그 속에서 깔깔대인다. 별로 우서울 것도 없는데 날새가 풀리더니 이놈의 계집애가 미쳤나 하고 의심하였다. 게다가 조금 뒤에는 즈집께를 할금할금 돌아다보더니 행주치마의 속으로 꼈던 바른손을 뽑아서 나의 턱밑으로 불쑥 내미는 것이다. 언제 구웠는지 아직도 더운 김이 홱 끼치는 굵은 감자 세 개가 손에 뿌듯이 쥐었다.

"느 집엔 이거 없지?"

하고 생색 있는 큰소리를 하고는 제가 준 것을 남이 알면은 큰일 날 테니 여기서 얼른 먹어버리란다. 그리고 또 하는 소리가

"너 봄 감자가 맛있단다."

"난 감자 안 먹는다, 니나 먹어라."

나는 고개도 돌리려지 않고 일하던 손으로 그 감자를 도로 어깨 너머로 쑥 밀어버렸다.

그랬더니 그래도 가는 기색이 없고 뿐만 아니라 쌔근쌔근하고 심상치 않게 숨소리가 점점 거칠어진다. 이

건 또 뭐야, 싶어서 그때에야 비로소 돌아다보니 나는 참으로 놀랐다. 우리가 이 동리에 들어온 것은 근 삼 년째 되어오지만 여태껏 가무잡잡한 점순이의 얼골이 이렇게까지 홍당무처럼 새빨개진 법이 없었다. 게다 눈에 독을 올리고 한참 나를 요렇게 쏘아보더니 나중에는 눈물까지 어리는 것이 아니냐. 그리고 보구니를 다시 집어 들더니 이를 꼭 악물고는 엎어질 듯 자빠질 듯 논둑으로 힝하게 달아나는 것이다.

어쩌다 동리 어른이

"너 얼른 시집을 가야지?"

하고 웃으면

"염려 마서유 갈 때 되면 어련히 갈라구ㅡ."

이렇게 천연덕스레 받는 점순이었다. 본시 부끄럼을 타는 계집애도 아니거니와 또한 분하다고 눈에 눈물을 보일 얼병이도 아니다. 분하면 차라리 나의 등어리를 보구니로 한번 모질게 후려 쌔리고 달아날지언정.

그런데 고약한 그 꼴을 하고 가더니 그 뒤로는 나를 보면 잡아먹으려고 기를 복복 쓰는 것이다.

설혹 주는 감자를 안 받아먹은 것이 실례라 하면 주면 그냥 주었지 "느 집엔 이거 없지"는 다 뭐냐. 그러찮아도 즈이는 마름이고 우리는 그 손에서 배재^{땅을 소작할 수 있}^{는 권리}를 얻어 땅을 부치므로 일상 굽신거린다. 우리가 이 마을에 처음 들어와 집이 없어서 곤란으로 지낼 제 집터를 빌리고 그 위에 집을 또 짓도록 마련해준 것도 점순네의 호의였다. 그리고 우리 어머니 아버지도 농사 때 양식이 딸리면 점순네한테 가서 부지런히 꾸어다 먹으면서 인품 그런 집은 다시없으리라고 침이 마르도록 칭찬하곤 하는 것이다. 그러면서도 열일곱씩이나 된 것들이 수군수군하고 붙어 다니면 동리의 소문이 사납다고 주의를 시켜준 것도 또 어머니였다. 왜냐하면 내가 점순이하고 일을 저질렀다는 점순네가 노할 것이고 그러면 우리는 땅도 떨어지고 집도 내쫓기고 하지 않으면 안 되는 까닭이었다.

그런데 이놈의 계집애가 까닭 없이 기를 복복 쓰며 나를 말려 죽이려고 드는 것이다.

눈물을 흘리고 간 그담 날 저녁나절이었다. 나무를 한 짐 잔뜩 지고 산을 내려오려니까 어디서 닭이 죽는소리를 친다. 이거 뉘 집에서 닭을 잡나, 하고 점순네 울 뒤로 돌아오다가 나는 고만 두 눈이 뚱그다. 점순이가 즈집 봉당에 홀로 걸터앉았는데 아 이게 치마 앞에다 우리 씨암탉을 꼭 붙들어 놓고는

"이놈의 닭! 죽어라 죽어라."

요렇게 암팡스레 패주는 것이 아닌가. 그것도 대가리나 치면 모른다마는 아주 알도 못 낳으라고 그 볼기짝께를 주먹으로 콕콕 쥐어박는 것이다.

나는 눈에 쌍심지가 오르고 사지가 부르르 떨렸으

나 사방을 한번 휘돌아보고야 그제서 점순이 집에 아무도 없음을 알았다. 잡은 참 지게막대기를 들어 울타리의 중턱을 후려치며

"이놈의 계집애! 남의 닭알 못 낳으라구 그러니?"
하고 소리를 빽 질렀다.

그러나 점순이는 조금도 놀라는 기색이 없고 그대로 의젓이 앉아서 제 닭 가지고 하듯이 또 죽어라, 죽어라, 하고 패는 것이다. 이걸 보면 내가 산에서 내려올 때를 겨냥해가지고 미리부터 닭을 잡아가지고 있다가 네 보란드키 내 앞에 쥐지르고 있음이 확실하다.

그러나 나는 그렇다고 남의 집에 튀어 들어가 계집애하고 싸울 수도 없는 노릇이고 형편이 썩 불리함을 알았다. 그래 닭이 맞을 적마다 지게막대기로 울타리나 후려칠 수밖에 별도리가 없다.

왜냐하면 울타리를 치면 칠수록 울섶이 물러앉으며 뼈대만 남기 때문이다. 허나 아무리 생각하여도 나만 밑지는 노릇이다.

"야 이년아! 남의 닭 아주 죽일 터이냐?"

내가 도끼눈을 뜨고 다시 꽥 호령을 하니까 그제서야 울타리께로 쪼루루 오더니 울 밖에 섰는 나의 머리를 겨누고 닭을 내팽개친다.

"예이 더럽다! 더럽다!"

"더러운 걸 널더러 입때 끼고 있으랬니? 망할 계집

애 년 같으니."

하고 나도 더럽단 듯이 울타리께를 힝하게 돌아내리며 약이 오를 대로 다 올랐다, 라고 하는 것은 암탉이 풍기는 서슬에 나의 이마빼기에다 물찌똥을 찍 깔겼는데 그걸 본다면 알집만 터졌을 뿐 아니라 골병은 단단히 든 듯싶다.

그리고 나의 등 뒤를 향하여 나에게만 들릴 듯 말듯 한 음성으로

"이 바보 녀석아!"

"애! 너 배냇병신이지?"

그만도 좋으련만

"애! 너 느 아버지가 고자라지?"

"뭐? 울 아버지가 그래 고자야?"

할 양으로 열벙거지가 나서 고개를 홱 돌리어 바라봤더니 그때까지 울타리 위로 나와 있어야 할 점순이의 대가리가 어디 갔는지 보이지를 않는다. 그러다 돌아서서 오자면 아까에 한 욕을 울 밖으로 또 퍼붓는 것이다. 욕을 이토록 먹어가면서도 대거리 한마디 못 하는 걸 생각하니 돌부리에 채키어 발톱 밑이 터지는 것도 모를 만치 분하고 급기에는 두 눈에 눈물까지 불끈 내솟는다.

그러나 점순이의 침해는 이것뿐이 아니다.

사람들이 없으면 틈틈이 즈집 수탉을 몰고 와서 우리 수탉과 쌈을 붙여놓는다. 즈집 수탉은 썩 험상궂게 생

기고 쌈이라면 회를 치는 고로 의례히 이길 것을 알기 때문이다. 그래서 툭하면 우리 수탉이 면두며 눈깔이 피로 흐드르하게 되도록 해놓는다. 어떤 때에는 우리 수탉이 나오지를 않으니까 요놈의 계집애가 모이를 쥐고 와서 꼬여내다가 쌈을 붙인다.

이렇게 되면 나도 다른 배채^{대책, 방도}를 차리지 않을 수 없다. 하루는 우리 수탉을 붙들어가지고 넌즈시 장독께로 갔다. 쌈닭에게 고추장을 먹이면 병든 황소가 살모사를 먹고 용을 쓰는 것처럼 기운이 뻗친다 한다. 장독에서 고추장 한 접시를 떠서 닭 주둥아리께로 들이밀고 먹여보았다. 닭도 고추장에 맛을 들였는지 거스르지 않고 거진 반 접시 턱이나 곧잘 먹는다.

그리고 먹고 금세는 용을 못 쓸 터이므로 얼마쯤 기운이 돌도록 홰 속에다 가두어두었다.

밭에 두엄을 두어 짐 져내고 나서 쉴 참에 그 닭을 안고 밖으로 나왔다. 마침 밖에는 아무도 없고 점순이만 즈 울 안에서 헌 옷을 뜯는지 혹은 솜을 터는지 웅크리고 앉아서 일을 할 뿐이다.

나는 점순네 수탉이 노는 밭으로 가서 닭을 내려놓고 가만히 맥을 보았다. 두 닭은 여전히 얼리어 쌈을 하는데 처음에는 아무 보람이 없다. 멋지게 쪼는 바람에 우리 닭은 또 피를 흘리고 그러면서도 날갯죽지만 푸드득, 푸드득, 하고 올라 뛰고 뛰고 할 뿐으로 제법 한번 쪼아

보도 못한다.

그러나 한번엔 어쩐 일인지 용을 쓰고 펄쩍 뛰더니 발톱으로 눈을 하비고 내려오며 면두를 쪼았다. 큰 닭도 여기에는 놀랐는지 뒤로 멈씰하며 물러난다. 이 기회를 타서 작은 우리 수탉이 또 날쌔게 덤벼들어 다시 면두를 쪼니 그제서는 감때사나운 그 대강이에서도 피가 흐르지 않을 수 없다.

옳다 알았다 고추장만 먹이면은 되는구나, 하고 나는 속으로 아주 쟁그러워 죽겠다. 그때에는 뜻밖에 내가 닭쌈을 붙여놓는데 놀라서 울 밖으로 내다보고 섰던 점순이도 입맛이 쓴지 살을 찌푸렸다.

나는 두 손으로 볼기짝을 두드리며 연팡

"잘한다! 잘한다!"

하고 신이 머리끝까지 뻗치었다.

그러나 얼마 되지 않아서 나는 넋이 풀리어 기둥같이 묵묵히 서 있게 되었다. 왜냐하면 큰 닭이 한 번 쪼인 앙가프리로 호들갑스레 연거푸 쪼는 서슬에 우리 수탉은 찔끔 못 하고 막 굻는다. 이걸 보고서 이번에는 점순이가 깔깔거리고 되도록 이쪽에서 많이 들으라고 웃는 것이다.

나는 보다 못하여 덤벼들어서 우리 수탉을 붙들어 가지고 도로 집으로 들어왔다. 고추장을 좀 더 먹였더라면 좋았을 걸 너무 급하게 쌈을 붙인 것이 퍽 후회가 난다. 장독께로 돌아와서 다시 턱밑에 고추장을 들이댔다. 흥분으로 말미암아 그런지 당최 먹질 않는다.

나는 할 일 없이 닭을 반듯이 누이고 그 입에다 권연 물쭈리를 물리었다. 그리고 고추장 물을 타서 그 구멍으로 조금씩 들이부었다. 닭은 좀 괴로운지 킥킥 하고 재채기를 하는 모양이나 그러나 당장의 괴로움은 매일같이 피를 흘리는 데 델 게 아니라 생각하였다.

그러나 한 두어 종지 가량 고추장 물을 먹이고 나서는 나는 고만 풀이 죽었다. 싱싱하던 닭이 왜 그런지 고개를 살며시 뒤틀고는 손아귀에서 뻐드러지는 것이 아닌가. 아버지가 볼까 봐서 얼른 홰에다 감추어두었더니 오늘 아침에서야 겨우 정신이 든 모양 같다.

그랬던 걸 이렇게 오다 보니까 또 쌈을 붙여놨으니 이 망할 계집애가 필연 우리 집에 아무도 없는 틈을 타서 제가 들어와 홰에서 꺼내가지고 나간 것이 분명하다.

나는 다시 닭을 잡아다 가두고 염려는 스러우나 그렇다고 산으로 나무를 하러 가지 않을 수도 없는 형편이었다.

소나무 삭정이를 따며 가만히 생각해보니 암만해도 고년의 목쟁이를 돌려놓고 싶다. 이번에 내려가면 망할 년 등줄기를 한번 되게 후려치겠다, 하고 싱둥겅둥 나무를 지고는 부리나케 내려왔다.

거지반 집께 다 내려와서 나는 호들기 소리를 듣고

발이 딱 멈추었다. 산기슭에 늘려 있는 굵은 바윗돌 틈에 노란 동백꽃이 소보록하니 깔리었다. 그 틈에 끼어 앉아서 점순이가 청승맞게스리 호들기를 불고 있는 것이다. 그보다도 더 놀란 것은 그 앞에서 또 푸드득, 푸드득, 하고 들리는 닭의 횃소리다. 필연코 요년이 나의 약을 올리느라고 또 닭을 집어내다가 내가 내려올 길목에다 쌈을 시켜놓고 저는 그 앞에 앉아서 천연스레 호들기를 불고 있음에 틀림없으리라.

나는 약이 오를 대로 다 올라서 두 눈에서 불과 함께 눈물이 퍽 쏟아졌다. 나무 지게도 벗어놓을 새 없이 그대로 내동댕이치고는 지게막대기를 뻗치고 허둥지둥 달겨들었다.

가까이 와보니 과연 나의 짐작대로 우리 수탉이 피를 흘리고 거의 빈사지경에 이르렀다. 닭도 닭이려니와 그러함에도 불구하고 눈 하나 깜짝 없이 고대로 앉아서 호들기만 부는 그 꼴에 더욱 치가 떨린다. 동리에서도 소문이 났거니와 나도 한때는 걱실걱실히 일 잘하고 얼굴 예쁜 계집애인 줄 알았더니 시방 보니까 그 눈깔이 꼭 여호 새끼 같다.

나는 대뜸 달겨들어서 나도 모르는 사이에 큰 수탉을 단매로 때려 엎었다. 닭은 푹 엎어진 채 다리 하나 꼼짝 못 하고 그대로 죽어버렸다. 그리고 나는 멍하니 섰다가 점순이가 매섭게 눈을 홉뜨고 닥치는 바람에 뒤로 벌렁 나자빠졌다.

"이놈아! 너 왜 남의 닭을 때려죽이니?"

"그럼 어때?"

하고 일어나다가

"뭐 이 자식아! 누 집 닭인데?"

하고 복장을 떼미는 바람에 다시 벌렁 자빠졌다. 그러고
나서 가만히 생각을 하니 분하기도 하고 무안도 스럽고
또 한편 일을 저질렀으니 인젠 땅이 떨어지고 집도 내쫓
기고 해야 되는지 모른다.

나는 비슬비슬 일어나며 소맷자락으로 눈을 가리고
는 얼김에 엉, 하고 울음을 놓았다. 그러다 점순이가 앞
으로 다가와서

"그럼 너 이담부텀 안 그럴 터냐?"

하고 물 때에야 비로소 살길을 찾은 듯싶었다. 나는 눈
물을 우선 씻고 뭘 안 그러는지 명색도 모르건만

"그래!"

하고 무턱대고 대답하였다.

"요담부터 또 그래 봐라 내 자꾸 못살게 굴 터니?"

"그래그래 인젠 안 그럴 테야."

"닭 죽은 건 염려 마라 내 안 이를 테니."

그리고 뭣에 떠다밀렸는지 나의 어깨를 짚은 채 그
대로 픽 쓰러진다. 그 바람에 나의 몸뚱이도 겹쳐서 쓰러
지며 한창 피어 퍼드러진 노란 동백꽃 속으로 폭 파묻혀

버렸다.

알싸한 그리고 향긋한 그 내움새에 나는 땅이 꺼지는 듯이 온 정신이 고만 아찔하였다.

"너 말 마라?"

"그래!"

조금 있더니 요 아래서

"점순아! 점순아! 이년이 바누질을 하다 말구 어딜 갔어?"

하고 어딜 갔다 온 듯싶은 그 어머니가 역정이 대단히 났다.

점순이가 겁을 잔뜩 집어먹고 꽃 밑을 살금살금 기어서 산 아래로 내려간 다음 나는 바위를 끼고 엉금엉금 기어서 산 위로 치빼지 않을 수 없었다.

— 〈조광〉, 1936. 5.

생의 반려

　　　　　동무에 관한 이야기를 쓰는
것이 옳지 않은 일일는지 모른다마는 나는 이 이야기를
부득이 시작하지 아니치 못할 그런 동기를 갖게 되었다.
왜냐면 명렬 군의 신변에 어떤 불행이 생겼다면 나는 여
기에 큰 책임을 지지 않을 수 없는 까닭이다.

　현재 그는 완전히 타락하였다. 그리고 나는 그의 타
락을 거들어준, 일테면 조력자쯤 되고 만 폭이었다.

　그렇다고 이것이 단순히 나의 변명만도 아닐 것이
다. 또한 나의 사랑하는 동무, 명렬 군을 위하여 참다운
생의 기록이 되어주기를 바란다.

그것은 바로 사월 스무이렛날이었다.

내가 밤중에 명렬 군을 찾아간 이유는(하지만 이유랄 건 없고 다만) 잠깐 만나보고 싶었다. 그의 집도 역시 사직동이고 우리 집과 불과 오십여 간 상거밖에 안 된다. 그러함에도 불구하고 그는 나를 찾아오는 일이 별로 없었다. 물론 나는 불평을 토하고 투덜거린 적이 없는 것도 아니다.

그러나 다시 생각하고는 덮어두기로 하였다. 그 까닭은 그는 사람 대하기를 극히 싫어하는 이상스러운 청년이었다. 범상에서 버스러진 상태를 병이라고 한다면 이것도 결국 큰 병의 일종이겠다.

그래서 내가 가끔 이렇게 찾아가곤 하는 것이다.

방문을 밀고 들어서니 그는 여전히 덥수룩한 머리를 하고, 방 한구석에 놓인 책상 앞에 웅크리고 앉았다. 물론 난 줄은 알리라마는 고개 한번 돌리어 보는 법 없었다.

나는 방바닥에 털퍽 주저앉으면서,

"뭐 공부허니?"

하고 말을 붙이었다.

그는 아무 대답 없이 책상 위에서 영어사전만 그저 만적거릴 따름이었다. 그 태도가 글자를 읽는 것도 아니요 그렇다고 아주 안 읽는 것도 아닌, 그렇게 몽롱한 시선으로 이 페이지 저 페이지 넘기고 있는 것이다. 이걸 본다면 무슨 생각에 곰곰 잠기어 있는 것이 분명하였다.

"남이 뭐래면 대답 좀 해라."

나는 이렇게 퉁명스리 말은 했으나, 지금 그가 무엇을 생각하고 있는지 내라고 모를 배도 아니었다. 궐련에 불을 붙이고 나서

나는 혼잣소리로,

"오늘도 편지 했나?"

하고 연기를 내뿜었다.

그제서야 그는 정신이 나는지 내게로 고개를 돌리더니,

"내 너 오길 지금 기다렸다."

하고 나를 이윽히 바라보고는,

"너에게 청이 하나 있는데……."

하며 도루 영어사전께로 시선을 가져간다. 제 깐에 내가 그 청을 들어줄지 혹은 않을지, 그게 미심하야 속살을 이야기하기 전에 나의 의향부터 우선 물어보자는 모양이었다.

나는 선선히 받으며,

"청이랄 게 뭐 있나? 될 수 있다면 해보겠지."

"고맙다. 그럼……."

하고 그는 불현듯 생기가 나서 책상서랍을 열더니 언제 써두었던 것인지, 피봉에 넣어 꼭 봉한 편지 한 장을 내 앞에 꺼내놓는다. 그리고 흥분되어 더듬는 소리로,

"이 편지 좀 지금 좀 곧 전해다우."

하고 거지반 애원이었다. 마치 이 편지를 지금 곧 전하지 않는다면 무슨 큰 화라도 일듯이 그렇게 서두는 것이다. 그의 말을 들어보면 동무에게 이번 편지를 부탁하는 것은 물론 미안한 줄은 안다, 하고 그러나 너에게 이런 걸 청하는 것도 이것이 마지막일는지 모르니 그쯤 소중히 여기고 충심으로 지력하야 달라 하는 것이다.

그리고 마지막에 와서는,

"너 그리고 답장을 꼭 받아가지고 오너라."

하고 아까부터의 당부를 또 다진다.

"그래."

나는 단마디로 이렇게 쾌히 승낙하고 거리로 나섰다.

그러나 이것은 결코 나의 의사에서 나온 행동도 아니거니와 또한 이 편지를 어떻게 처치해야 옳을지 그것조차 생각해본 일도 없었다. 동무의 간곡한 소청이요 그래 마지못하여 받아들고 나왔을 그뿐이었다.

요사쿠라^{'밤 벚꽃'을 뜻하는 일본어} 때라 봄비는 밤거리를 헤어 내려오며 나는 이 편지를 저쪽에 전해야 옳을지 어떨지, 그걸 분간 못 하여 얼뚤하였다. 우편으로 정성스러이 속달을 띄워도 '수취 거절'이란 부전이 붙어서 돌아오고 하는 그곳이었다. 내가 손수 들고 갔다고 하여 끔뻑해서 받아줄 리도 없을 것이다.

나는 편지를 호주머니에 넣을 생각도 않고 한 손

에 그냥 떠받쳐 든 채 떠름한 시선으로 보고 또 보고 하였다.

여기가 나의 큰 과실일는지 모른다. 애당초에 왜 딱 잘라 거절을 못 하였는가, 생각하면 두고두고 후회가 나는 것이다.

그러나 다시 생각건대 내가 이 편지를 아무 군말 없이 들고나온 것도 달리 딴 이유가 있을 듯싶다. 다만 동무의 청이라는 그것만이 아닐 것이다. 그렇다면 확실히 나는 이걸 나에게 내놓을 때의 명렬 군이 가졌던 야릇하게도 정색한 그 표정에 기가 눌렸는지도 모른다. 오랫동안 볕을 못 본 탓으로 얼굴은 누렇게 들었고 손 안 댄 입가에는 스물셋으론 곧이듣지 않을 만치 제법 검은 수염이 난잡히 뻗히었다. 물론 번이는 싱싱해야 할 두 볼은 꺼지고 게다 연일 철야로 눈까지 쾽 들어간, 말하자면 우리에 갇힌 사람이라기보다는 짐승에 가까웠다. 거기다 눈에 눈물까지 보이며 긴장이 도를 넘어 떨리는 어조로 이 편지를 부탁했던 것이다.

이걸 본다면 이것이 얼마나 중대한 편지임을 알 것이다. 만일에 이 편지가 제대로 못 가고 본다면 필연 명렬 군은 온전히 그냥 있지는 않으리라.

하여튼 나는 그걸 가지고 갈 곳까지 다다랐다.

내가 발을 멈춘 데는 돈의동 뒷골목이었다. 바로 내 앞에 쳐다보이는, 전등 달린 대문이 있고 그 옆으로 차돌에 나명주라고 새긴 문패가 달리었다. 안에서는 웃음소리와 아울러 가끔 노래가 흘러나오련만 대문은 얌전히 들닫기었다.

나의 임무는 즉 이 집에다 편지를 바치고 그 답장을 받아오는 것이다. 그러나 아무리 생각하여보아도 다가서서 대문을 두드려볼 용기가 나질 않는다. 이 편지가 하상 뭐길래 그가 탐탁히 받아주랴 싶어서이다마는 어떻게 생각하면 사람의 일이라 예외를 알 수 없고 그리고 한편 전인으로 이렇게까지 왔음에는 호기심으로라도 받아줄지 알 수 없다. 우선 공손히 바쳐나 보자, 생각하고 나는 문 앞으로 바특이 다가서 본다.

그러나 설혹 받아준다 치고 요망스리 뜯어서 한번 쭉 훑어보고 내동댕이친다면 그때 내 꼴이 무엇이 되겠는가. 아니 나보다는 이걸 쓰기에 정성을 다한 명렬 군이 첫째 모욕을 당할 것이다.

여하한 일이라도 동무는 욕 먹이고 싶지 않다, 생각하고 나는 다시 대문을 떨어져 저만치 물러선다.

이러기를 서너 차례 한 다음에 나는 딱 결정하였다. 편지를 호주머니에 넣고 그대로 사직동을 향하여 올라갔다.

내가 명렬 군의 집으로 막 들어가려 할 제 등 뒤에서 갑자기,

"재!"

하고 누가 부른다.

　돌아다보니 저편 언덕에 그가 풀대님으로 서 있는 것이다. 아마 내가 그 길로 올 줄 알고 먼저부터 고대하고 서 있는 모양이었다.

　그는 나를 데리고 사직공원으로 올라가며,

　"전했니?"

하고 조급히 묻는 것이다.

　"응."

하고 나는 코대답으로 받았으나 그것만으로는 좀 불충분함을 깨닫고,

　"잘 전했다."

하고 명백히 대답하였다.

　"그래 잘 받디?"

　"전 뭔데 사람이 보내는 걸 아니 받을까?"

　나는 이렇게 큰소리는 하긴 했으나 대미처,

　"그럼 답장은?"

하고 묻는 데는,

　"답장은……."

　고만 얼떨떨하지 않을 수 없었다. 미처 거기까지는 생각이 들지 않았던 까닭이었다.

　조금 주저하다가,

　"답장은 못 받아온 걸……."

하고 얼버무렸으나 그것만으로 또 부족할 듯싶어서,

"가보니까 명주는 노름을 나가고 없더구만, 그러니 그걸 보고 오자면 새벽 두 점이 될지 넉 점이 될지 알 수 있어야지, 그래 안잠재기를 보고 아씨 오거든 꼭 전하라고 신신당부를 하고 왔다."

하고 답장을 못 받아온 그 연유까지 또박또박이 고하였다.

그러나 그는 편지를 그 집에 두고 온 그것만으로도 적이 만족한 눈치였다. 나의 바른손을 두 손으로 꼭 죄어 잡고는,

"고맙다."

하고 치사를 하는 것이다.

그때 나는 그의 눈 위에서 달빛에 번쩍거리는 그걸 보았다. 이렇게 거짓말을 하고도 죄가 혈할까, 싶어서 나는 그에게 대하여 미안하다기보다도 오히려 죄송스러운 생각에 가슴이 끌밋하였다. 나는 쾌활히 그 등을 치며,

"맘을 조급히 먹지 말아라. 무슨 일을 밥 먹듯 해서야 되겠니? 저도 사람이면 언젠가 답장을 할 때도 있겠지."

"답장?"

하고 그는 숙인 고개를 들더니,

"그대로는 답장 안 한다."

"그대로 안 하는 건 뭐야? 염려 마라, 언제든지 내가서 직접 받아 오마."

일상 덜렁거리다 패를 당하는 나이지만 또 객쩍은

소리까지 지껄여놓았다. 내 딴은 잠시나마 그에게 기쁨을 주고자 했음이 틀림없을 것이나 물론 그 결과가 어떻게 되는 것까지는 생각지 못하였다.

그러니까 그로 말하면 나의 장담에 다시 희망을 품고,

"그럼 너 미안하지만 다시 한번 편지를 전해줄래? 그리고 이번에는 답장을 꼭 받아오너라."

하고 다시 청한 것도 조금도 무리는 아닐 것이다.

이렇게 거짓말에서 시작되어 엉뚱한 일이 벌어지게 되었다. 물론 전부를 나의 책임으로 돌리지 않을 수 없는 것이나 한편 따져보면 명렬 군도 그 일부를 지지 않을 수 없다. 왜냐면 그는 먼저도 말한 바와 같이 보통 성질의 인물이 아니기 때문이다.

지금 그가 편지를 쓰고 있는 이것이 얼른 생각하면 연앨는지도 모른다. 상대가 여성이요 그리고 연일 밤을 새워가며 편지를 쓴다면 두말없이 다들 연애라고 이렇게 단정하리라마는 이것은 결코 흔히 말하는 그 연애는 아니었다. 그 연애란 것은 상대에게서 향기를 찾고, 아름다움을 찾고, 다시 말하면 상대를 생긴 그대로 요구하는 상태의 명칭이겠다.

그러나 그의 연애는 상대에게서 제 자신을 찾아내고자 거반 발광을 하다시피 하는 것이다. 물론 상대에게는 제 자신의 그림자도 비치지 않았다. 그러므로 이것은 차차 이야기하리라마는 때로는 폭력을 가지고 상대에게 대들어 나를 요구하는 그런 괴변까지 이르게 되는 것이다.

하니까 이것은 결코 연애가 아니라 하는 것이 가당하리라.

첫째로 그의 편지는 염서가 아니었다. 보건대 염서는 대개 상대를 꽃답게 장식하였다. 그의 편지는 상대의 추악한 부분이란 일일이 꼬집어 뜯어서 발겨놓는 말하자면 태반이 욕이었다. 그러므로 상대는 답장을 안 할 뿐만 아니라 때로는 받기를 거절하였다.

그리고 둘째로는 그 상대가 화류계의 인물이요, 그러함에도 불구하고 명렬 군보다는 다섯 해가 위였다. 삼십이 가참다면 기생으로는 한고비를 넘은 시들은 몸이었다. 게다가 외양도 출중나게 남달리 두드러진 곳도 없었다. 이십 전후의 팔팔한 친구로는 도저히 매력이 느껴지지 않을 그런 인물이었다.

그럼 어째서 명렬 군이 하필 그런 여자에게 맘이 끌렸겠는가, 여기에 대하여는 나는 설명을 삼가리라.

우선 명렬 군의 말을 들어보자.

그가 명주를 처음 본 것은 작년 가을이었다. 수은동 근처에서 오후 한 시경이라고 시간까지 외고 있는 것이다.

그가 집의 일로 하여 봉익동엘 다녀 나올 때 조그만

○ 124

손대야를 들고 목욕탕에서 나오는 한 여인이 있었다. 화장 안 한 얼굴은 창백하게 바랬고, 무슨 병이 있는지 몹시 수척한 몸이었다. 눈에는 수심이 가득이 차서, 그러나 무표정한 낯으로 먼 하늘을 바라본다. 흰 저고리에 흰 치마를 훑어 안고는 땅이라도 꺼질까 봐 이렇게 찬찬히 걸어 내려오는 것이었다.

그 모양이 세상 고락에 몇 벌 씻겨 나온, 따라 인제는 삶의 흥미를 잃은 사람이었다.

명렬 군은 저도 모르고 물론 따라갔다. 그 집에까지 와서 안으로 놓쳐버리고는 그는 제 넋을 잃은 듯이 한참 멍하고 서 있었다.

그리고 집에 돌아와 그날 밤부터 편지를 쓰기 시작하였다. 매일 한 장씩 보내었다.

그러나 답장은 한 번도 없었다. 열흘이 지나도 보름이 넘어도 역시 답장은 없었다.

그럴수록 그는 초조를 품고 더욱 열심히 편지를 띄웠다. 밤은 전수이 편지 쓰기에 허비하였다. 그리고 낮에는 우중충한 방에서 이불을 들쓰고는 날이 저물기를 고대하였다. 밤을 새운 몸이라 까우러저 자기도 하였으나 그러나 대개는 이불 속에서 눈을 감고는 그 담 밤이 되기를 기다리었다.

그전에도 가끔가다 망령이 나면 이런 버릇이 없었던 것은 아니나 이렇게까지 장구히 계속되기는 이때가 시초이었다.

이제 생각하여보건대 사람은 아마 극히 슬펐을 때 가장 참된 사랑을 느끼는 것 같다. 요즘에 와서 명렬 군은 생의 절망, 따라 우울의 절정을 걷고 있었다. 그의 환경을 뒤집어본다면 심상치 않은 그 행동을 이해 못 할 것도 아니다마는 거기 관하여는 추후로 밀리라.

내가 어쩌다 찾아가 들여다보면 그는 헐없이 광인이었다. 햇빛 보기를 싫어하는 그건 말고라도 거칠어진 그 얼굴이며 안개 낀 그 눈매―누가 보든지 정신병 환자이었다.

거기다가 방까지 역시 우울하였다. 남쪽으로 뚫린 들창이 하나 있기는 허나 검은 후장으로 가리어 광선을 꽉 막아버렸다. 그리고 담배 연기로 방 안은 꽉 찼다.

나는 그를 대할 적마다 불길한 예감이 느껴지지 않을 수 없었다. 커다란 쇳덩어리가 그를 향하고 차츰차츰 내려는 듯싶었다. 언제이든가 그는 그대로 있지 않으리라고 이렇게 나는 생각하였다.

하루는 나는 마음을 딱하게 먹고 찾아갔다.

아무리 생각하여도 이 계집은 사람이 아니었다. 그만큼 남의 편지를 받았으면 설혹 쓰기가 싫다 하더라도 답장 한 장쯤은 함 직한 일일 게다. 얼마나 도도하기에 무턱대고 편지만 집어먹는가.

당장에 가서 그 이유를 캐보고 싶었다. 그리고 될

○

수 있다면 답장 하나 받아다가 주고 싶었다.

　날은 어두웠으나 아직 초저녁이었다. 그렇건만 대문은 그때도 꼭 닫기어 있었다.

　주먹으로 문을 두드리며 우렁찬 소리로,

　"이리 오너라……."

하였다.

　기생집에 오기에 꼴은 초라할망정 음성까지 죽어질 건 없었다.

　다시 커다랗게 그러나 위엄이 상치 않도록,

　"문 열어라!"

하고 소리를 내질렀다.

　그제서야 안에서 인끼가 나더니 문이 열리었다. 그리고 한 삼십여 세 되어 보이는 여편네가 고개를 내밀어 나의 아래위를 쑥 훑더니,

　"누길 찾으셔요?"

하고 묻는 것이다. 걸걸한 목소리가 이 집의 안잠재긴 듯 싶었다.

　이런 때,

　"명주 있나?"

하고 어줍댔다면 혹 통했을지도 모른다. 원체 숫배기라 기생집의 예의는 조금도 모르므로,

　"저 나명주 선생 좀 만나러 왔소."

하니까 그는 공연스리 눈살을 접더니,

"노름 나가셨어요."

이렇게 토라지는 소리를 내는 것이다. 그리고 내가 (하긴 소용도 없는 말이나) 미처,

"어디로 나갔소?"

하고 다 묻기도 전에 문을 탁 닫아버리고는,

"모르겠어요."

하고 만다.

이럴 때 번이는 웃고 말아야 할 것이나 나는 짜정 약이 올랐다. 문짝을 부숴버릴까 하다가 결국에는 인젠 죽어도 기생집엘 다시 안 오리라고 결심하고 그대로 돌아섰다.

그리고 그 길로 힝하게 명렬 군을 찾아갔다.

나는 분김에 사실을 저저이 설파하고,

"너 때문에 내가 욕봤다."

하고 골을 내었다. 하기는 그가 가라고 했던 것도 아니건만……

그리고 말을 이어서 기생집에 있는 것들은 전수이 사람이 아니다. 만에 하나라도 사람다운 점이 있다면 보름씩이나 편지를 받고도 답장 하나 안 할 리 없다. 거기서도 너를 전혀 사람으로 치진 않는다. 생각해보아라, 네가 뭐길래 기생이 너를 보고 끔찍이 여기겠니. 이 땅에는 너 이외에 돈 있고 명예 있는, 그런 유복한 사람이 허다하다. 기생이란 그들의 소유물이지 결코 네가 사랑하기

위하여 생겨난 존재는 아니다, 라고 이렇게 세세히 설명
하고,

"아까만 하드라도 그 계집이 나에게 대한 태도를 보
아라. 내가 만일 주단을 흘리고 갔더라면 어서 들어오라
고 온 집안이 끓어 나와서 야단일 게다. 이것들이 그래
사람이냐?"
하고 듣기 싫은 소리를 늘어놓으니까 그는 쓴 낯을 하고,

"없으니까 없다 했겠지. 설마 널 땄겠니!"

"없긴 뭘 없어?"
하고 소리를 빽 질렀다.

그리고 또 기생도 기생 나름이었다. 그것도 젊다면
이거니와 나이 이미 삼십을 바라보는 늙은이다. 이걸 뭘
보고 정신이 쏠리는가.

이런 건 정신병자가 아니면 하기 어려운 장난임을
다시 명백히 설명을 하여주고,

"오늘부터 편지를 끊어라. 허구많은 계집애에 어디
없어서 그까진 걸……."

"너는 모르는 소리야!"

그는 이렇게 더 듣고 싶지 않다는 듯이 나의 말을
회피하다가,

"차라리 송장을 연모하는 게 옳겠다."
하고 엇먹는데 고만 불끈하여,

"듣기 싫다."

하고 호령을 치는 것이다.

그리고 나를 쏘아보는 그 눈이 단박 벌겋게 충혈되었다.

나는 그에게 더 충고해야 듣지 않을 것을 알았다. 말다툼에까지 이르지 않았음을 오히려 다행히 여기고 그대로 나와버렸다. 이렇게 되었으니 그 다음번 내가 편지를 전하러 갔다가 대문도 못 두드려보고 와서 거짓말을 한 것이 전혀 나의 과실만도 아닐 것이다.

그러나 나는 그를 탓하지는 않았다.

그는 자기의 머릿속에 따로이 저의 여성을 갖고 있는 것이다. 말하자면 그와 같이 생의 절망을 느끼고, 죽자 하니 움직이기가 귀찮고 살자 하니 흥미 없는 그런 비참한 그리고 그가 지극히 존경하는 한 여성이 있는 것이다. 그는 그 여성을 저쪽에 끌어내 놓고 연모하기 시작하였다. 그리고 명주는 우연히 그 여성의 모형이 되고 말았을 그뿐이겠다.

내가 명렬 군을 알게 된 것은 고보 때이었다.

그는 같은 나이에 비하면 숙성한 학생이었다. 키가 훌쩍 크고 넓적한 얼굴을 가진 학생이었다. 말을 할 때에는 좀 덜하나 선생 앞에서 책을 낭독할 적이면 몹시 더듬었다. 그래 우리는 그를 말더듬이라고 별명을 지었다. 그 대신 그는 말이 드문 학생이었다.

우리는 어떤 때에는 그를 비겁하게도 생각하였다.

왜냐면 그는 여럿이 모인 곳에는 안 가려 하고 비슬비슬 피하는 소년이었다. 사람이 없을 때에는 운동장에 내려가 철봉을 하고 땅재주를 하고 하였다마는 점심시간 같은 때 전교 학생이 몰려나와 놀게 되면 그는 홀로 잔디밭으로 돌고 하였다. 물론 원족'소풍'의 비표준어이나 수학여행을 갈 적이면 그는 어떠한 이유를 가지고라도 빠지려 하였다.

이렇게 사람을 두려워하는 별난 소년이었다.

그리고 매일 성적이 불량하였다. 특히 사오 학년에 이르러서는 과정 낙제가 자리를 잡을 만치 불량하였다. 선생의 말을 빌면 재주가 있다고 그 재주를 믿고 공부를 안 한다. 그러나 제 재주를 믿는 것도 다소 학과를 염두에 두는 사람의 말이겠다. 그는 학과의 흥미만 없을 뿐 아니라 우선 학교와 정이 들질 않았다. 그 증거로 일 년간의 출석 통계를 본다면 그는 학교에 나온 일수가 삼분지 이가 못 되었다. 담임선생은 화가 나서 이따위 학생은 첨 보았다 하고,

"자! 눈으로 보아라, 이게 학교 다니는 놈의 출석부냐?"

하고 코밑에다 출석부를 들이대고 하였다. 그러면 그는 얼굴이 벌게져서 덤덤히 섰을 뿐이었다.

그 언제인가 남산에서 나는 그에게 들은 말이 있었다.

그날은 그가 쑹쑹거리는 바람에 나도 결석하였다. 우리는 남산 위로 올라와 잔디밭에 누워서 책보를 베었다. 그리고 이러쿵저러쿵 지껄이다가 무슨 이야기 끝에,

"마적이 되려면 어떻게 하는 건가?"

하고 그가 묻는 것이다.

"왜 마적이 되고 싶으냐?"

"아니 글쎄 말이야."

"되려면 되겠지 뭐, 그까진 마적쯤 못 되겠니?"

"에, 그까진 마적이 뭐야……."

하고 그는 눈을 둥그렇게 뜨고 부인하더니,

"너 마적이 신성한 게다 좀체 사람은 못 하는 거야. 씩씩하게 먹고 씩씩하게 일하고 좀 좋냐?"

"난 들여준대도 안 간다."

"누가 들여주긴 한다디?"

"사람을 안 들이면 즌 죽진 않나?"

"그러게 새 단원이 필요할 때엔 모집 광골 낸단다."

하고 양복 웃호주머니를 뒤지더니 손바닥만 하게 오린 신문지 쪽지를 나에게 내주며,

"자 봐라."

한다.

내가 받아들고 읽어보니 그것은 마적단의 모집 광고를 보고 물 건너 어떤 중학생 셋이 만주로 가다가 신의주 근방에서 붙들렸다는 기사였다.

나는 다 읽고 나서 도루 내어주며,

"흥! 그까진 마적이 왜?"

하고 콧등으로 웃었던 것이다.

그 후에도 한 서너 차례 마적에 대한 이야기를 들은 기억이 난다. 이걸 보면 그는 참으로 마적이 되고 싶었던 모양이었다.

나는 그를 괴망스럽다고 하였으나 이제 와 보면 당연한 일일 것도 같다.

그는 어려서 양친을 다 여의었다. 그리고 제풀로 돌아다니며 눈칫밥에 자라난 소년이었다. 그러면 그의 염인증도 여기에 뿌리를 박았을지도 모른다.

그에게는 형님이 한 분 있었다. 주색에 잠기어 밤낮을 모르는 난봉꾼이었다. 그리고 자기 일신을 위하여 열 사람의 가족이 희생을 하라는 무지한 폭군이었다.

그는 아무 교양도 없었고 지식도 없었다. 다만 그의 앞에는 수십만의 철량이 있어 그 폭행을 조장할 뿐이었다.

부모가 물려주는 거만의 유산은 무릇 불행을 낳기 쉽다. 더욱이 이십 오륙의 아무 의지도 신념도 없는 청년에 있어서는 더 이를 말 없을 것이다. 그도 이 예에 벗어지지 않았다.

그는 한 달씩 두 달씩 곡기도 끊고 주야로 술을 마시었다. 그리고 집 안으로 기생들을 홀 몰아들여 가족 앞에 드러내놓고 음탕한 장난을 하였다. 한 집으로 첩을 두 셋씩 끌어들여 풍파도 일으키었다. 물론 그럴 돈이 없는 것은 아니나 치가를 하고 어쩌고하기가 성가신 까닭이었다. 그는 오로지 술을 마시고 계집과 같이 누웠다. 그것밖에는 아무것도 귀찮았다. 몸을 조금 움직이려고도 않았을뿐더러 머리는 쓰지 않았다. 하물며 가정사에 이르러서야, 가족이 앓아 드러누워도 약 한 첩 없고 아이들이 신이 없다 하여도 신 한 켤레 순순히 사주지 않는 그런 위인이었다.

술도 처음에는 여러 친구와 떠들고 취하는 맛에 먹었다. 그러나 하도 여러 번 그러는 동안에 그것만으로는 취미가 부족하였다. 그는 시나브로 주정을 하기 시작하였다. 이 주정을 몇 번 하다가 흥이 지면 저 주정을 하고 여기에 또 물리면 그 담 것을—이렇게 점점 강렬한 자극을 요구하는 그 주정은 끝이 없었다.

그는 술을 마시면 집안 세간을 부수고 도끼를 들고 기둥을 패었다. 그리고 가족들을 일일이 잡아가지고 폭행을 하였다. 비녀쪽을 두 손으로 잡고 그 모가지를 밟고 서서는 머리를 뽑았다. 또는 식칼을 들고는, 피해 달아나는 가족들을 죽인다고 쫓아서 행길까지 맨발로 나오기도 하였다. 젖먹이는 마당으로 내팽개쳐서 소동을 일으켰다. 혹은 아이를 우물 속으로 집어 던져서 까무러친 송장이 병원엘 갔다.

이렇게 가정에는 매일같이 아우성과 아울러 피가 흘렀다. 가족을 치다 치다 이내 물리면 때로는 제 팔까지 이로 물어뜯어서 피를 흘렸다.

이러길 일 년이 열두 달이면 열한 달은 계속되었다.

가장이 술이 취하여 들어오면 가족들은 얼굴이 잿빛이 되어 떨고 있었다. 왜냐면 언제 그 손에 죽을지 그것도 모르거니와 우선 아픔을 이길 수 없는 까닭이었다. 그들은 순전히 잔인무도한 이 주정꾼의 주정받이로 태어난 일종의 장난감들이었다. 그리고 그 가정에는 따뜻한 애정도 취미도 의리도 아무것도 없었다. 다만 술과 음행 그리고 비명이 있을 따름이었다.

명렬 군은 유년 시절을 이런 가정에서 자랐다.

그는 뻔질나게 마룻구멍 속으로 몸을 숨기지 않을 수 없었다. 이를 덜덜덜덜 떨어가며 가슴을 죄었다. 그리고 속으로는, (은제나 저 자식이 죽어서 매를 안 맞나……) 하고 한탄하였다. 먼 촌일가가 이것을 와 보고 딱하게 여기었다. 이렇게 해선 공부커녕 죽도 글렀다, 생각하고,

"명렬이에게 분재를 해주게, 그래서 다른 데 가서 따로 공부를 하든지 해야지 이거 온 되겠나?"
하고 충고하였다.

형은 이 말을 듣더니,

"염려 마슈. 내가 어련히 알아채려서 할라구."

하고 툭 차버렸다. 그리고 같이 술을 잔뜩 먹고는 나중에는 분재 운운하던 그 일가를 목침으로 후려갈겨서 이를 둘이나 분질렀다.

명렬 군은 그 형님에게 마땅히 분재를 해 받을 권리가 있었다. 그러므로 욕심이 과한 그 형은 분재 이야기만 나오면 눈이 뒤집혀서 펄쩍 뛰었다.

"일즉 분재하면 사람 버려, 나처럼 되면 어떡하니? 너는 공부 다 하고 느직해서 살림을 내주마."

이것이 분재 못 하는 그의 이유이었다.

그러나 그 많은 재산도 십 년이 채 못 되어 기울게 되었다. 서울서 살던 형이 명렬 군을 그의 누님에게 떠맡기고 시골로 내려갈 때에는 불과 몇백 석의 땅이 있었을 뿐이었다.

명렬 군이 차차 장성할수록 그 형에게는 성가신 존재였다. 좋은 소리로 그를 서울에 떼 내던지고 저희 식구끼리만 대대의 고향인 그 시골로 내려가고 만 것이었다. 이것이 명렬 군이 고보를 졸업하고 동경엘 갈라 했으나 집의 승낙이 없어서 그도 못 하고, 이럴까 저럴까 망설이며 놀고 있었던 때의 일이었다.

이렇게 형의 손에서 기를 못 펴고 자란 그는 누님한테로 넘어오게 되었다. 따라 비로소 살길을 찾은 듯이 그는 기쁘지 않을 수 없었다.

그러나 그 누님도 그의 기대와는 다른 인물이었다.

그는 아직 삼십이 세의 젊은 과부이었다. 열네 살에 시집을 가서 십 년이나 넘어 살다가 쫓기어왔던 것이다. 돈 있는 친정을 둔 새댁만치 불행한 건 다시없을 것이다, 라고 하는 건 그를 괴롭히기에 잔다른 구실이 얼마든지 많았다. 썩도록 돈을 묵히고도 시집 하나 살릴 줄 모른다는 은근한 이유로 그도 역시 쫓기어오고 만 것이다.

그러나 친정엘 와도 반기어 그를 맞아줄 사람은 없었다. 가장인 오빠라는 작자는 매일같이 매만 때리었다. 뿐만 아니라 결국에는 출가외인이 친정 밥 먹는다고 머리를 터치어 거리로 내쫓았다.

이런 풍파를 겪고 혼자 돌아다니다가 근근이 얻은 것이 직업이었다. 그리고 방 한 칸을 세를 얻어 그 월급으로 단독 살림을 시작하였다. 물론 그에게는 아무 소생도 없었다.

그 좁은 방에서 남매가 지내다가 이 집으로 온 것은 그 후 일 년이 썩 지나서이다. 시골 간 형이 아우의 입을 막기 위하여 사직동 꼭대기에다 방 둘 있는 조그만 집을 전세를 얻어준 것이 즉 이 집이었다.

그리고 둘의 생활비로는 누님의 월급이 있을 뿐이었다.

누님은 경무과 분실 양복부에 다니는 직공이었다. 아침 여섯 시쯤 해서 가면 오후 다섯 시에 나오고 하는 것이다. 일공이 칠십 전쯤 되므로 한 달에 공일을 제하면 한 십구 원 남짓하였다. 그걸로 둘이 먹고 쓰고 하는 것이다.

그러나 허약한 젊은 여자에게 공장살이란 견디기 어려운 고역이었다. 공장에 다닌 지 단 오 년이 못 되어 그는 완연히 사람이 변하였다. 눈매는 허황하게 되고 몸은 바짝 파랬다. 그리고 보통 사람이 본다면 대뜸, "저 사람이 미쳤나?" 할 만치 그렇게 그 언사와 행동이 해괴하였다.

번이도 그는 성질이 급하고 변덕이 죽 끓듯 하던 사람이었다. 거기다 공장에서 얻은 히스테리로 말미암아 그는 제 성미를 제가 걷잡지 못하도록 되었던 것이다.

거기 대하여 또 따로이 말이 있으리라마는 여기서는 다만 그가 성한 사람이 아니란 것만 알면 고만이다.

낮 같은 때 공장에서 일을 하다가 깜빡 졸 적이 있다. 그러나 뻐끗하면 엄지손가락을 재봉틀에 박는다마는 뺄 수는 없고 그대로 서서 쩔쩔매는 것이다. 그러면 감독은 와서 뒤통수를 딱 때리고,

"조니까 그렇지……."

하고 눈을 부라린다.

혹은 뒤를 보러 갔다 늦을 적이 있다. 감독은 수상이 여기고 부리나케 쫓아온다. 그리고 잠은 참 문을 열어제친 뒤 자로다 머리를 때리며,

"알갱이를 세고 있는 거야?"

하고 또 호령이었다.

그러나 그는 치받치는 설움과 분노를 꾹꾹 참지 않을 수 없다. 감독에게 말대꾸하는 것은 공장을 고만두는 사람의 일이었다.

또는 남자들 틈에서 일을 하는지라 남녀 관계로 시달리는 일이 많았다. 어뜩삐뜩 건드리는 놈도 있고 마주 대고 눈을 흘기는 놈도 있었다. 혹은 빈정거리는 놈에 쌍을 거는 놈까지 있었다.

그렇다고 사내와 공장에서 싸울 수는 없는 일이니 그는 역시 참을 수밖에 다른 도리는 없었다.

업신받는 이 분통을 꾹꾹 참아오다가 겨우 집에 와서야 폭발하는 것이다. 거기에는 만만하고 그리고 양순한 동생이 있기 때문이었다.

그는 집에 돌아와 자기가 애면글면 장만해놓은 그릇을 부시었다. 그리고 동생을 향하여,

"내가 널 왜 밥을 먹이니?"

하고 눈을 동그랗게 떴다.

때로는,

"네가 뭐길래 내가 이 고생을 하니?"

하기도 하고,

"이놈아! 내 살을 긁어먹어라."

하고 악장을 치며 발을 동동 구르기도 하였다. 그리고 그대로 펄썩 주저앉아서 소리를 내어 엉엉 우는 것이다.

물론 이것이 동생에게 대한 설움은 아니었다.

그러나 동생은 이런 소리를 들으면 미안쩍은 생각이 날 뿐 아니라 등줄기에 소름이 쭉 끼치고 하는 것이다.

누님은 날이면 날마다 동생을 들볶았다. 아무 트집도 없이 의례히 할 걸로 알고 그대로 들볶았다. 그러고 나서 한숨을 후유 하고 돌리고는 마음을 진정하고 하는 것이다.

그러니까 동생은 말하자면 그 밥을 얻어먹고 그의 분풀이로 사용되는 한 노동자에 지나지 않았다.

그러나 누님이 기실 악독한 여자는 아니었다. 앞이 허전하다 하야 그는 시골에서 어린 계집애를 첫 딸로 데려다가 기르고 있었다. 결코 동생이 있는 것이 원수스러워 그럴 리는 없었다.

동생이 이리로 오는 당시로만 하여도 누님은 퍽 반색하였다. 밤이 깊은 겨울이건만 그는 손수 와서 책과 책상, 금침 등을 머리에 이고 오며,

"너 이런 걸 잊지 말아라."

하고 아우를 명심시키었다.

"형님에게 설움 받던 생각을 하고 너는 공부를 잘해서 훌륭히 되어라."

혹은,

"그까진 재산 떼준대도 받지 말아라 더럽다……."

이렇게 동생이 굳은 결심을 갖도록 눈물 머금은 음

성으로 몇 번 몇 번 당부를 하고 했던 것이다. 자기 딴은 부모 없이 자란 아우라고 끔찍이 불쌍하였다.

동생도 빙판으로 그 뒤를 따라오며 감개무량하여 한숨을 후 쉬고 하였다.

그러던 것이 닷새가 못 되어 그 병의 증세가 일어나기 시작하였다.

이것이 명렬 군이 입때까지 살아온 그 주위의 윤곽이었다.

그러면 그는 살아 나아가려는 의욕이 없었던가, 하고 이렇게 의심할지도 모른다마는 그도 한 개의 신념이 있었고 거기 따르는 노력을 가졌었다. 우선 그 증거로 그는 명주라는 기생을 찾은 것이다. 그리고 그의 누님을 영원히 재우고자, 무서운 동기를 가졌던 것도 역시 그가 살아 나아갈 길을 찾고 있던 한 노력이 있음을 우리는 차차 알 것이다.

그의 우울증을 타진한다면 병의 원인은 여러 갈래가 있으리라마는 그 근본이 되어 있는 원병은, 그는 애정에 주리었다. 다시 말하면 그는 사람에 주리었다.

그는 이따금씩 나에게,

"어머니가 난 보고 싶다!"

이렇게 밑도 끝도 없이 부르짖었다.

나이 찬 기생을 그가 생각하게 된 것도 무리는 아닐 것 같다. 그는 그 속에서 여러 가지를 보았으리라. 즉 어머니로서 동무로서 그리고 연인으로서 명주가 그에게 필요하였다.

그러나 그때 나로는 그것까지 이해할 만한 능력이 없었다. 사람 같지 않은 기생이니 그를 위하여 하루라도 일찍이 단념하여주기만 바랐다.

거짓말을 하고 온 지 사흘째 되는 날이었다.

내가 저녁을 먹고 있으려니까,

"여기 아자씨 기서요?"

하고 낯익은 소리가 나는 것이다.

얼른 미닫이를 열고 내다보니 그것은 틀림없이 명렬 군의 쇵조카였다.

"왜?"

"저 우리 아자씨가요 이거 갖다 드리래요."

그리고 조그맣게 접은 종이쪽을 내준다.

받아들고 펴보니 그건 간단히,

'좀 왔다 가지 못하겠니.'

이런 사연이었다.

마침 밥상을 물리려든 때이므로 나는 옷을 갈아입었다. 그리고 계집애를 따라서 슬슬 나섰다.

"아자씨 지금 뭐허디?"

"늘 아파서 앓으셔요."

하고 선이는 가엾은 표정을 하는 것이다.

그러나 나는 어쩐지 속이 불안스러웠다. 나를 오라

는 그 속을 대충 짐작하고 있기 때문이었다.

내가 들어갔을 때 그의 누님은 마루 끝에서 약을 달이고 있었다.

벽과 뒷간 사이가 불과 칸 반밖에 안 되는 좁은 집이었다. 수채가 게 붙고 장독이 게 붙고 하였다. 뜰이라는 것은 마루와 장독 그 사이에 한 평 반가량 되는 말하자면 손바닥만 한 깜찍한 마당이었다.

그 마당에 하얀 입쌀이 여기저기 흩어져 있다.

이걸 보면 오늘도 그 병이 한차례 지난 모양이었다. 아마 저녁을 하려다가 그대로 퍼 내던진 지도 모른다.

그는 나를 보더니,

"개가 앓아요."

하고 언짢은 낯을 하는 것이다.

내가 불안한 마음으로,

"글쎄 무슨 병일까요. 혹 몸살이나 아니야요?"

하고 물으니까 그는,

"모르겠어요. 무슨 병인지."

하고는,

"통 아무것도 안 먹고 저렇게 밤낮 앓기만 해요. 아마 내가⋯⋯."

하고 미처 말끝도 맺기 전에 행주 치맛자락을 눈으로 가져간다. 그리고 몇 번 훌쩍훌쩍하더니,

"내가 야단을 좀 쳤더니 아마 저렇게 병이⋯⋯."

나에게 이렇게 하소를 하는 것이다.

물론 그는 병이 한차례 지난 뒤에는 극히 온순한 여자이었다. 그의 생각에는 자기가 들볶아서 동생이 병이 난 줄로 아는 모양이었다.

나는 위안시키는 말로,

"염려 마십시오. 봄이 되어서 몸살이 났겠지요."

하고는 건넌방으로 들어갔다.

그는 이불 속에 가만히 누워 있었다. 나를 오라고 고대 불렀으나 물론 인사도 하는 법 없었다. 가삼츠레히 뜬 눈으로 천장만 뚫어보고 있을 뿐이었다.

헐떡한 얼굴이며 퀭한 눈이, 며칠 전만도 더 못한 것 같았다. 창백한 손등에는 파란 심줄이 그대로 비쳐 올랐다. 그리고 얼굴에는 무거운 우울에 싸이어 괴로운 빛이 보이었다.

나는 첫눈에 그가 제 버릇 이외의 다른 병이 있음을 알았다. 얼마 바라보다가,

"너 어디 아프냐?"

하고 물어보았다.

그는 무슨 대답을 하려고 입을 열 듯하더니 입맛으로 다셔버린다. 어딘가 몸이 몹시 괴로운 눈치였다. 낯을 잔뜩 찌푸리고는 역시 천장만 바라보고 있었다.

다시 한번 큰 소리로,

"어디 아퍼?"

하니까,

"음……."

하고 입속으로 대답하다가,

"어디가?"

"등이 좀 결린다."

하고 그제서야 그는 내게로 시선을 가져온다마는 사실 등이 결린 것은 아니었으리라.

그때 나는 등이 왜 결리는가 싶어서,

"그럼 병원엘 좀 가봐라. 병이란 애전에 고쳐야지……."

하고 객쩍게 권하였다.

여기에는 아무 대답도 하지 않았다. 도루 낯을 찌푸려가며 끙, 끙, 앓을 따름이었다.

이제 와 생각하면 그는 나의 둔갑을 딱하게 여겼을지도 모른다.

누님이 짜서 들고 들어온 약을 그는 요강에 부었다. 그리고 빈 대접을 윗목으로 쓱 밀어버렸다.

마치 그 약을 받아먹는 것이 큰 모욕이나 될 듯싶었다.

누님이 이걸 목격하여 봤다면 또 분란이 일었으리라. 그가 나아간 담의 일이라 그대로 무사하긴 하였다.

이걸 본다면 그는 이때부터도 누님에게 역심을 잔뜩 품고 있었음이 확실하였다.

이윽고 그는 나를 향하여,

"미안하지만 너 한 번만 더 갔다 올래?"

하고 나직이 묻는 것이다.

어딜 갔다 오는 겐지 그것은 묻지 않아도 환한 일이었다.

"그래라."

하고 선뜻 대답하였다.

하니까 그는 자리 밑에다 손을 디밀더니 편지 하나를 꺼내어 내 앞으로 밀어놓는다.

"답장을 꼭 받아 오너라."

"그래."

두말없이 나는 편지를 들고 나섰다.

답장을 받아오겠다, 한 전일의 약속도 있거니와 첫째 이날 분위기의 지배를 받았다.

그리고 한 번 거짓말을 한 것이 무엇보다 미안하였다.

오늘은 어떠한 일이 있더라도 답장을 받아오리라고 결심하였다.

내가 여기엘 가는 것은 지금이 세 번째다. 한 번은 안잠재기에게 욕을 당하고 또 한 번은 편지를 전하러 갔다가 대문도 못 열어보고 그냥 왔다. 한 번도 원 당사자를 만나본 일은 없었다.

(사람이 가서 애걸을 하는 데야 답장 하나 안 써줄리 없으리라.)

이렇게 생각하고 종로를 향하여 내려오다가,

"여! 이 얼마 만인가?"

"참 오래간만인걸!"

하고 박인석 군을 만났다.

그는 우리와 함께 고보의 동창이었다. 지금은 보전 법과까지 마치고 전당포를 경영하고 있었다.

나는 그렁저렁 인사를 마치고 헤어지려니까,

"여보게! 내 자네에게 의논할 말이 좀 있는데……."

하고 그 옆 찻집으로 끄는 것이다.

돈푼 좀 있다고 자네, 여보게, 어쩌구, 하는 꼴이 좀 아니꼬웠다. 허나 의논이라니까 나는 의논이 무슨 의논일까 하고 되물었다.

그는 우좌스리^{어리석어서 신분에 맞지 않은 태도} 홍차 둘을 시키더니,

"자네 요새는 뭐 허나?"

하고 나에게 묻는 것이다.

"할 거 있나. 밤낮 놀지."

"그렇게 놀기만 허면 어떻게?"

그는 큰일이나 난 듯이 눈을 둥그렇게 뜬다.

이것 또 어따 쓰는 수작인가 싶어서,

"그럼 안 놀면 어떡허나?"

하니까,

"사람이 일을 해야지 놀면 쓰나!"

하고 제법 점잖이 훈계를 하는 것이다.

나는 모욕당한 자신을 느꼈으나 꾹 참고 차를 마셨다.

그도 차를 몇 번 마시더니 주머니에게 시계를 꺼낸다. 산 지 얼마 안 되는 듯싶은 누런 시계에 누런 줄이었다.

"허 시간이 늦었구먼, 시간이 안 늦었으면 극장엘 같이 갈려 했더니."
하고 뽐을 내는 것이다.

실상은 극장이 아니라 새로 산 그 시계를 보이고 싶었다.

"자네 취직 하나 안 하려나?"

"뭔데?"
하고 쳐다보니까,

"그런 게 아니라, 저 내 아들이 하나 있는데 말이야, 그놈을 유치원을 넣었더니 숫제 가기 싫어한단 말이지, 응석으로 자라서 에미의 품을 못 떨어져, 그래 자네더러 와서 같이 데리고 좀 놀아달란 말일세, 일테면 가정교사지."
하고 나의 눈치를 쪽 훑어보고는,

"자네 의향은 어떤가?"

친구보고 제 자식허구 놀아달라는 건 말이 좀 덜 된다. 단적맞은 놈, 하고 속으로 노했으나,

"그러게 고마우이."

하고 활활히 받았다. 왜냐면 나에게 문득 한 생각이 있어
서이다.

이 친구는 고보 때부터도 기생집의 출입이 잦았던
청년이었다. 기생집에 대한 이력은 맹문둥이인 나보다
훨씬 환할 것이 틀림없었다.

(그럼 이 박 군을 사이에 두고 답장을 받아오는 것
이 손쉽지 않을까?)

이런 생각을 하고,

"박 군! 요새두 기생집 잘 다니나?"

하고 물으니까,

"별안간 기생집 이야긴 왜?"

"아니 글쎄 말이야?"

"어쩌다 친구에 어울리면 갈 적도 있지."

"그래 기생을 사랑하는 사람두 있나?"

"그게 또 무슨 소리야. 사랑을 먹구 살아가는 기생
이 사랑이 없으면 어떻게 사나?"

"옳아! 그럼 기생에게 연애편지를 하는 사람두 있겠
네그려?"

"그야 더러 있지."

"그러면 답장 쓰기에 바쁘겠구먼?"

"답장이라니?"

하고 당치 않은 소리란 듯이 나를 쏘아보더니,

"기생이 어디 노름채를 걸고 요릿집으로 불러서 뚱땅거리면 흥이 나고, 다 이러지만 그까진 답장은 왜 쓰나?"

하고 그래도 못 알아들을까 봐,

　　"기생이란 어디 그런 답장 쓸려고 나온 겐가?"

　　이렇게 또박이 깨우쳐준다.

　　나는 가만히 생각해보니까 딴은 그럴 것도 같다. 전일의 내가 가졌던 생각과 조금도 다름없었다.

　　"요담 또 만나세."

　　나는 간단히 작별을 두고 거리로 나왔다.

　　아무리 생각해보아도 이 편지는 영영 답장은 못 받고 마는 것이다. 안 쓰는 답장을 우격으로 씌울 수는 없는 노릇이었다. 그리고 받아보기조차 꺼리는 이 편지의 답장을 바라는 것은 좀 과한 욕망이겠다.

　　기생은 반드시 요릿집으로 불러서 만나보는 수밖에 다른 도리가 없음을 알았다.

　　나는 이럴까 저럴까 하며 머뭇거리다 한 계책을 품고 우리 집으로 삥 올라갔다.

　　내 방으로 들어와 나는 주머니에 든 편지를 꺼내었다. 그리고 실례라는 생각을 하면서도 그 편지를 뜯어서 읽어보았다.

나명주 선생께.

　날 사이 기체 안녕하시옵나이까. 누차 무람없는 편지
를 올리어 너무나 죄송하외다. 두루 용서하여 주시옵기
엎드려 바라나이다.

　선생이시어.

　저는 하나를 여쭈어보노니 당신에게 기쁨이 있나이까,
그리고 기꺼웁게 명랑하게 웃을 수 있나이까, 만일 그렇
다 하시면 체경을 앞에 두고 한번 커다랗게 웃어보소서.
그 속에 비추이는 얼굴은 명랑한 당신의 웃음과 결코 걸
맞지 않는 참담한 인물이오리다. 그 모양이 얼마나 추악
한 악착한 꼴이라 하겠나이까.

　선생이시어.

　그러나 당신은 천행히 웃으실 수 있을지 모르외다. 왜
냐면 당신의 그 처참한 면상은 분이 덮었고 그리고 고은
비단은 궂은 그 고기를 가리웠기 때문이외다. 귀중한 몸
을 고기라 하와 실례됨이 많음을 노여워 마소서. 당신의
몸은 먹지 못하는 주체궂은 고깃덩어리외다. 그리고 저
의 이 몸도 역시 먹지 못하는 궂은 고깃덩어리외다.

　선생이시어.

　당신은 당신의 자신을 아시나이까. 그러면 당신은 극
히 행복이외다. 저는 저를 모르는 등신이외다. 허전한 광
야에서 길 잃은 여객이외다.

　선생이시어.

저에게 지금 단 하나의 원이 있다면 그것은 제가 어려서 잃어버린 그 어머님이 보고 싶사외다. 그리고 그 품에 안기어 저의 기운이 다할 때까지 한껏 울어보고 싶사외다. 그러나 그는 이 땅에 이미 없노니 어찌하오리까.

선생이시어.

당신은 슬픔을 아시나이까. 그렇다면 그 한쪽을 저에게 나누어주소서. 그리고 거기 따르는 길을 지시하여 주소서.

여기에다 일부에 서명을 한 것이 즉 그 편지이었다. 글은 비록 다르다 할지라도 요전번 내가 넣고 왔던 그 편지와 사연은 일반이었다.

(이 글의 내용이 기생에게 통할까?)

나는 이렇게 의심하였다.

그리고 여고에 다니는 나의 누이동생을 불러서 내가 부르는 대로 받아쓰라 하였다.

유명렬 선생 전 답상서.

그동안 기체 안녕하옵신지 궁금하오며 십여 삭을 연하야 주신 글월은 무한 감사하오나 화류계에 떨어진 천한 몸이오라 그 뜻 알 길 막연하와 이루 답장치 못하오니 이 가슴 답답 축량 없사오며 하물며 전도양양하옵신 선생의 몸으로 기생에게 이런 편지를 쓰심은 애통한 바 크다 하겠사오니 하루바삐 끊어주시기 간절 간절 바라옵고 겸하야 내내 건강하옵심 바라오며 이만 그치나이다.

사월 그믐, 나명주 상서.

이런 답장에 필적이 여필이었다. 이만하면 그는 조금도 의심치는 않으리라.

물론 이때 나는 이 편지의 결과까지 생각하기에는 우선 답장이 급하였다. 아무 거침없이 들고 가서 그를 즐겁게 하여주었다.

이 답장이 그에게 얼마나 큰 기쁨을 주었던가 우리는 그걸 상상치 못하리라.

그는 편지를 받아들고 곧 뜯어보지 못할 만치 그렇게 가슴이 설레었다. 방바닥에다 그걸 내려놓고는 한참 동안 눈을 감은 채 그 흥분을 진정시키었다. 그리고 난 다음에야 비로소 두 손으로 다시 집어 들고 뜯어보았다.

그는 다 읽은 뒤 억압된 음성으로,

"고맙다."

하였다.

나는 양심에 찔리는 곳이 없었던 것도 아니었다. 하지만 그의 기쁨을 보는 것은 또한 나의 기쁨이라 안 할 수 없었고,

"별소릴 다 한다. 고맙긴……."

하고 천연스리 받았다.

이렇게 하여 나는 일을 저지르기 시작하였다.

일주일에 적어도 두 번씩은 나는 그의 편지를 읽지 않을 수 없었다. 그리고 싫어도 그 답장을 부득이 쓰지 않을 수 없게 되었다.

이것이 그에게 미치는 영향은 자못 큰 것이었다.

편지가 오고가고 하면 할수록 그는 더욱더 명주를 숭상하였다. 마지막에 이르러서는 연모의 정을 떠나 완전히 상대를 우상화하게까지 되었다. 말하자면 이것은 한 개의 여성이 아니라 그의 나아갈 길을 위하여 빚어진 한 개의 신앙이었다.

그리고 거기 따르는 비애는 그의 주위에 엉클린 현실이었다.

그는 자기의 처지를 끝없이 저주하였다. 뿐만 아니라 그의 누님을 또한 끝없이 저주하였다.

누님은 그때 돈놀이를 하고 있었다. 물론 한 십구 원밖에 안 되는 그 월급에서 오 원, 십 원, 이렇게 떼어 빚을 놓는 것이다. 그것은 대개 공장 사람에게 월수로 주었다.

하니까 그 나머지로는 한 달 계량이 되질 못 하였다. 그 결과는 좁쌀을 팔아 들이고 물도 자기 손수 길어 들이고 하는 것이다. 그리고 때로는 고단한 몸을 무릅쓰고 바느질품을 팔기에 밤도 새웠다. 따라 가뜩이나 골병든 몸이 날로 수척하였다.

이렇게 그는 억척스러운 여자였다.

그러나 놓았든 빛은 마음대로 잘 들어오진 않았다. 돈 낼 때가 되면 그들은 이 핑계 저 핑계 늘어놓으며 그대로 얼렁얼렁하고 마는 것이다. 심지어 어떤 사람은,

"내 다음부터는 잘 낼게 돈 좀 다 주우. 다 게 있고 게 있는 거 어디 가겠우?"

하고 그를 달랬다.

혹은,

"돈 좀 더 안 꾸어주면 그전 것두 안 내겠우."

하고 제법 대드는 우락부락한 남자도 있었다.

공장 안에서는 빚놀이를 못 한다는 것이 공장의 규칙이었다. 그걸 드러내놓고 싸울 형편도 못 되거니와 한편 변덕이 많은 그라 남의 꼬임에 잘 떨어지기도 하였다. 돈을 내라고 몇 번 불쾌히 굴다가도 어느 겨를에 고만 홀깍 넘어서 못 받는 빚에다 덧돈까지 얹어서 보내고 하는 것이다.

그의 급한 성질에는 나중에 받고 못 받고가 그리 문제가 아니었다. 우선 이 돈이 가서 늘고 불어서 큰 철량이 되려니 하는 생각만 필요하였다.

이렇게 그는 앞뒤 염량이 없이 그저 허빙거렸다.

그도 그럴 것이 그는 돈으로 말미암아 시집에서 학대를 당하였다. 그리고 밥으로 말미암아 친정에서 내어쫓기었다. 또는 공장살이 몇 해에 얼마나 근고를 닦았는

가. 얼른 한밑천 잡아서 편히 살고 싶은 생각이 간절하였다.

그의 입으로 가끔,

"어떤 사람은 이백 원을 가지고 빚놀이를 한 것이 이태도 못 돼 삼천 원짜리 집을 샀다는데!"

이런 탄속이 나왔다.

그리고 밤에는 간혹가다 치마 속에 찬 큰 귀주머니를 꺼내었다. 거기에서 돈을 쏟아서 가장 애틋한 듯이 차근차근 세어보았다. 그동안 쓴 것과 받은 것을 따져보아 한 푼도 축이 안 나면 그제서야 한숨을 휘 돌리고 자는 것이다.

그러자 하루는 그 돈이 없어졌다.

그가 공장을 파하고 나와서 저녁밥을 하고 있던 때였다. 그는 손수 나아가 고기를 사고 파를 사고 해서 가지고 들어왔다. 그리고 기쁜 낯으로 화로에 장을 앉히고 있었다. 물론 그 병이 한차례 지난 뒤도 뒤려니와 그날은 오랜만에 빚 놓았든 돈 오 원을 받은 까닭이었다.

그는 곧잘 밥을 푸다가 말고,

"여기 돈 누가 집어갔니?"

하고 째지는 소리를 하였다. 갑자기 부엌 문틀 위에 놓여 있는 돈을 보고서이다. 십 전에서 고기 오 전, 파 일 전, 성냥 일 전, 이렇게 샀으니 반드시 삼 전이 있어야 할 터인데 이 전뿐이었다.

대뜸 선이를 불러서,

"너 여기 돈 일 전 어쨌니?"

하고 묻다가,

"전 몰라요."

하고 얼뚤한 눈을 뜨니까,

"이년! 몰라요?"

그리고 때리기 시작하였다.

사실은 아까 비지 장사에게 일 전 준 것을 깜빡 잊었다. 그는 이렇게 정신이 없는 자기임을, 그것조차 잊기 잘하는 건망증이었다. 바른대로 불라고 계집을 한참 치다가 그예 장작개비로 머리까지 터치고 나서야 비로소 자기의 계산이 잘못됨을 알았다. 그는 터진 머리에 약을 발라주며,

"너 이담부터 그런 손버르쟁이 하지 마라."

하고 멀쑤룩해진 자기의 낯을 그렁저렁 세웠다.

그러나 속으로는 부끄러운 양심이 없는 것도 아니었다. 이런 때 동생이 나와서 자기의 역성을 들어 몇 마디 하여주었으면 좀 덜 미안할 게다. 그런데 자기의 밥을 먹으면서 언제든지 꿀 먹은 벙어리로 있는 것이 곧 미웠다.

그는 동생에게는 밥을 주지 않았다. 둘의 밥만 마루로 퍼가지고 와서 선이와 같이 정답게 먹었다. 그리고 문 닫힌 건넌방을 향하여,

"어디 굶어 좀 보지, 사람이 배가 쪼르륵 소리를 해야 정신이 나는 거야!"

이렇게 또 시작되었다.

건넌방에선 물론 아무 대꾸도 없었다.

조금 사이를 두고 그는 다시,

"학교를 그렇게 잘 다녀서 고등보통학교까지 밟고 남의 밥만 얻어먹니!"

혹은,

"형이 먹일 걸 왜 내가 먹인담, 팔자가 드시니까 별꼴을 다 보겠네!"

하고 깐깐히 비웃적거린다.

그렇다고 큰 음성으로 내대는 것은 아니었다.

부드러운 그러나 앙칼진 가시를 품은 어조로,

"그래도 덜 뜯어먹었니? 어이 내 뼈까지 긁어먹어라!"

하고,

"아들 낳는 자식은 개아들이야!"

하고 은근히 뜯는 것이다.

그는 동생을 결코 완력으로 들볶지 않았다. 그것보다는 은근히 빗대놓고 비아냥거리어 불안스럽게 구는 것이 동생을 괴롭히기에 좀 더 효과적인 까닭이었다.

완력을 쓰면 동생의 표정은 찜찜하였다. 그러나 이렇게 밸을 긁어놓으면 그는 얼굴이 해쓱해지며 금시 대들 듯이 두 주먹을 부르르 떨었다. 그러면서도 누님에게 감히 덤비지는 못하고 마는 것이다.

이 묘한 표정을 누님은 흡족히 향락하였다. 그리고 나서야 그는 분노, 불만, 비애—이런 거칠은 심정을 가라앉히고 하는 것이다.

이만치 그는 뒤둥그러진 성질을 가진 여자였다.

명렬 군은 여기에서 누님을 몹시 증오하였다. 누님이 그의 앞으로 그릇을 팽개치고 대들어 옷가슴을 잡아뜯을 때에는 그 병으로 돌리고 그대로 용서하였다. 그리고 묵묵히 대문 밖으로 나가버리고 마는 것이다마는 이렇게 깐죽거리고 앉아서 차근차근 비위를 긁는 데는 그는 그 속에서 간악한 그리고 추악한 한 개의 악마를 보는 것이다. 단박 등줄기에 소름이 쪼옥 끼치고 하였다.

그러나 그렇다고 그가 그의 누님을 치우고자 험한 결심을 먹은 것은 결코 아니었다. 만일 그가 단순히 누님을 미워만 하였던들 일은 간단히 끝났으리라. 저주를 하면서도 이렇게까지 끌고 왔음에는 여기에 따로이 한 이유가 있지 않으면 안 될 것이다. 동리에서는 누님을 뒤로 세워놓고,

"젊은 기집이 어째 행동이 저렇게 황황해?"

"환장한 기집이 아니요? 그러니까 그렇지!"

"아이 미친년두 참 다 보네!"

이렇게들 손가락질을 하였다.

한번 두레박 때문에 동리에 분란이 인 뒤로는 그를 꼭 미친 사람으로 믿었다. 그것도 그가 금방 물 한 통을 떠 왔는데 그의 두레박이 간 곳 없었다. 물통은 마당에 분명히 있는데 이게 웬일일가 하고 의심하였다. 대문 밖에 있는 우물에 가 찾아보아도 역시 없는 것이다. 이건 정녕코 우물 옆에다 놓고 온 것을 물 뜨러 왔던 다른 여편네가 집어갔다고 생각하지 않을 수 없었다. 왜냐면 우물에는 주야로 사람이 끊이지 않았고 그리고 두레박을 잃는 일이 편편하였다.

그는 잡은 참 대문 밖으로 나와 우물께를 향하고,

"어떤 년이 남의 두레박을 집어갔어?"

하고 악을 쓰고는,

"이 동네는 도적년들만 사나? 남의 걸 집어가게."

이렇게 고만 실수를 하고 말았다. 그는 분하면 급한 바람에 되는대로 내쏟는 사람이었다.

우물 곁에 모여 섰던 아낙네들은 물론 대노하였다.

"아니 여보! 그게 말 따위요?"

하고 꾸짖는 사람도 있고,

"누가 집어갔단 말이요? 동네 년들이라니!"

하고 대드는 사람도 있었다.

그리고 또는,

"이 동네는 도적년들만 있다? 너는 이년아 이 동네 년이 아니냐?"

하고 악장을 치며 달겨드는 사람도 있었다.

이렇게 하여 한나절 동안이나 아귀다툼이 오고 가고 하였다. 그리고 동네는 떠나갈 듯이 소란하였다. 만일에 이날 명렬 군이 나와서 공손히 사죄만 안 했더라면 봉변은 착실히 당할 뻔하였다. 나중에 알고 보니 그 두레박은 부엌에 놓인 물독 위에 깨끗이 얹혀 있었다.

그 후로도 그는 여러 번 동네에 나와 발악하기를 사양치 않았다. 이럴 때마다 말 드문 동생은 방 속에서,

"음! 음!"

하고 알지 못할 신음소리를 내었다.

그러나 이것만 보고 그 누님을 악한 여자라고 볼 수는 없을 것이다.

명렬 군이 한번엔 생각하기를 누님의, 개신개신 벌어들이는 밥만 먹고 있기가 미안하였다. 그리고 직업을 암만 열심히 들보아도 마땅한 직업도 역시 없었다. 아무거나 한다고 찾아다니다 문득 한 생각을 먹고서,

"누님! 내 낼부터 신문을 좀 배달해보리다. 같이 벌어들이면 지금보다는 좀 날 테니 아무 염려 마우."

하고 그 누님을 안심시켰다.

하니까 누님은 펄쩍 뛰며,

"얘! 별소리 마라. 신문 배달이 다 뭐냐? 네가 몸이나 튼튼하면 모르지만 그런 걸 허니?"

하고 말리었다.

"왜 못하긴, 하루 한 번씩 뛰기만 하면 될걸……."

"그래도 넌 못 해. 그것두 다 허는 사람이 있단다."

하고 좋지 않은 얼굴로,

"그저 암말 말고 내가 주는 밥이나 먹고 몸 성히 있거라. 그럼 나에게는 벌어다 주는 것보다도 더 적선일 테니. 나중에야 어떻게 다 되는 수가 있겠지."

하고 도리어 동생을 위안하였다. 그리고 이것이 세 시간이 채 못 지나서 우연히 문틀에 머리를 딱 부딪고는,

"아이쿠!"

하고,

"내 왜 이 고생을 하나! 늘큰히 자빠졌는 저 병신을 먹이려고? 어서 뼈까지 긁어먹어라, 이놈아!"

하고 그 병이 또 시작되었다.

그러면 명렬 군이 그 누님에게 악의를 잔뜩 품고 일본 대판으로 노동을 하러 가려 할 때 굳이 붙들어 말린 것도 결국 그 누님이었다. 그는 말릴 뿐만 아니라 슬피 울었다.

"내가 좀 심하게 했더니 그러니? 내 성미가 번이 망해서 그런 걸 옥생각하면 어떡허니?"

하고 자기의 성미를 자기 맘대로 못 한다는 애소를 하고,

"난 네가 없으면 허전해 못 산다. 좀 고생이 되더라도 나와 같이 있자. 그럼 차차 내 살 도리를 해줄 테니……."

이렇게 눈물을 씻어가며 떠나려는 사람을 막아든 것이다.

이걸 본다면 명렬 군에게 용단성이 없구나 하고 생각할는지 모른다. 그러나 그는 용단성 문제보다도 먼저 커다란 고민이 있었다. 떠나려고 뻗대다가 결국엔 저도 눈물로 주저앉고 만 것을 보더라도 알 것이다.

이러한 때면 그는 누님에게서 비로소 누님을 보는 듯도 싶었다. 그리고 은혜를 입은 그 누님에게 악의를 품었던 자신이 끝없이 부끄러웠다. 마음이 성치 못한 누님을 떼어 내버리고 간다면 그의 뒤는 누가 돌보아주겠는가. 어떠한 일이 있더라도 누님을 떨어져서는 안 되리라고 이렇게 다시 고치어 생각하였다. 말하자면 그는 누님에게 원수와 은혜를 아울러 품은 야릇한 동생이었다.

나는 참으로 이런 누님은 처음 보았다. 기껏 동생을 들볶다가도 어떻게 어떻게 맘이 내키면 금시 벙긋이 웃지 않는가. 그리고 부모 없이 자라 불쌍하다고 고기를 사다 재 먹이고, 국수를 들여 다 비벼도 먹이고 하는 것이다.

그러나 그건 아무래도 좋다. 나는 거기에서 일어나는 그 결과만 말하여가면 고만이다.

이슬비가 내리는 날, 그 누님이 나에게 물통 하나만 사다 주기를 청하였다. 집에도 물통이 있긴 허나 하오래 쓴 것이라 밑바닥이 다 삭았다. 우물의 물을 길어 먹으려면 반드시 새 물통이 하나 필요하였다. 물론 자기가 가도 되겠지만 여자보다는 사내가 가야 흥정에 덜 속는다는 생각이었다.

나는 우산을 받고 행길로 나섰다. 허나 그 근방에는 암만 찾아도 철물점이 없었다. 종로에까지 내려와서야 비로소 물통 하나를 사 들고 와서, 그에게 거스름돈과 내어주며,

"물통이 별루 좋은 게 없더군요!"
하니까,

"잘 사셨습니다. 튼튼하고 좋은데요!"
하고 물통을 안팎으로 뒤져보며 퍽 만족한 낯이었다.

그리고 그는 우중에 다녀온 나를 가엾단 듯이 바라보더니,

"신이 모두 젖었으니 저를 어떡해요?"
하고 매우 고맙다 하다가,

"이 얼마 주셨어요?"

"사오 전 주었습니다."

"참 싸군요! 우리가 가면 육십 전은 줘야 삽니다."
그는 큰 횡재나 한 듯이 아주 기뻐하였다.

그러나 물통을 이윽히 노려보다가 그 낯이 점점 변함은 이상하였다. 눈가에 주름이 모이고는 그 병이 시작될 때면 언제나 그런 거와 같이 마른 입살에 사가품^{입으로} _{내뿜는 침방울}이 이는 것이다.

그는 물통을 땅에 그대로 탕 내려치더니,

"이년아!"

하고 마루 끝에 앉은 선이의 머리채를 잡는다. 선이는 점심을 먹고 앉았을 뿐으로 실상 아무 죄도 있을 턱 없었다. 몇 번 그 뺨을 치고 나서,

"이년아! 밥을 먹으면 좀 얌전히 앉아서 먹어라. 기집애 년이 그게 뭐냐?"

하고 얼토당토않은 흉계를 하는 것이다.

나는 고만 까닭 없이 불안스러워서 얼굴이 화끈 달았다.

알고 보면 그 물통에 한 군데 우그러들은 곳이 있었다. 그것이 그의 마음에 썩 들지 않았다. 물론 나에게 그런 말이라도 했으면 나도 그를 모르는 바 아니겠고 얼른 바꿔다 주었으리라. 허나 그는 남에게 터놓고 자기의 불평을 양명히 말하려는 사람은 아니었다. 공연히 아이를 두드려서 은연중 나를 불안스럽게 만들어놓는 것이 훨씬 더 상쾌하였다.

나는 이걸 말릴 작정도 아니요, 또는 그대로 서서 보기도 미안하였다. 주밋주밋하고 있다가 건넌방으로 피해 들어갈밖에 별도리가 없었다.

명렬 군은 아직도 성치 못한 몸으로 병석에 누워 있었다. 밖에서 나는 시끄러운 울음소리에 가뜩이나 우울한 그 얼굴이 잔뜩 찌푸렸다.

그리고,

"음! 음!"

하고 신음인지 항거인지 분간을 모를 우렁찬 소리를 내는 것이다.

실토인즉 그는 선이가 누님에게 매를 맞을 적만치 괴로운 건 없었다. 선이는 날이 개이나, 비가 오나, 언제나 매를 맞지 않을 수 없는 이유가 붙어 다녔다. 누님의 소리만 나면 그는 고양이를 만난 쥐같이 경풍을 하였다. 이렇게 기를 못 펴서 열두 살밖에 안 된 계집애가 그야말로 얼굴에 노란 꽃이 피게 되었다.

명렬 군은 일을 칠 듯이 자리에서 벌떡 일어나 앉았으나 그러나 두 손으로 머리를 잡고는 그대로 묵묵하였다. 한참 동안 무엇을 생각하고 있는 듯싶었다. 이윽고 그는 자리 밑에서 그걸 꺼내놓더니 낙망하는 낯으로,

"이게 웬일까?"

"글쎄?"

하고 나는 깜짝 놀라며 얼떨떨하였다.

그것은 명주에게 갔다가 '수취 거절'이란 쪽지가 붙어온 편지였다. 그 소인을 보면 어제 아침에 띄웠다가 오늘 되받은 것이 확적하였다.

그동안 내가 며칠 안 왔었던 탓으로 이런 병폐가 생겼음은 물론이었다.

그는 고개를 숙이고 있다가 다시 한번,

"이게 웬일일까?"

하고 나를 쳐다보고는,

"답장까지 하던 사람이 안 받을 리는 없는데……."

"글쎄?"

나는 뭐라고 대답해야 옳을지 떨떠름하였다. 하릴
없이 나도 그와 한가지로 고개를 숙이고는 그대로 덤덤
하였다. 그러자 언뜻, 그 언제이든가 한번 잡지에서 본
기생집 이야기를 생각하고,

"오!"

하고 비로소 깨달은 듯이 고개를 꺼덕꺼덕하였다.

"아마 이런가 부다."

이렇게 나는 그의 앞으로 다가앉으며,

"기생의 어머니란 건 너 아주 숭악한 거다. 딸이 연
애라두 해서 바람날까 봐 늘 지키고 있어요. 그러니까 그
런 편지를 받으려 하겠니? 말하자면 그 어머니가 편지를
안 받고는 도루 보내고 보내고 하는 거야."

"응!"

하고 깨달은 듯싶기에,

"그러게 편지를 헐려면 그 당자에게 넌즛넌즛이 전
하는 수밖에 없다."

하고 의수하게 꾸며대었다.

여기까지 말을 하니 그는 더 묻지 않았다. 그런대
로 올곧이 듣고, 우편으로 부친 편지를 후회하는 모양이

었다.

이렇게 되니까 나도 그대로 안심되지 않을 수 없었다. 왜냐면 그는 나를 통하여 편지를 보내고 답장만 보면 고만이었다. 그 외에 아무것도 상대에게 더 바라지 않았다. 그가 명주를 찾아간다거나 할 염려는 추호도 없을 터이므로 나는 그런대로만 믿었다.

이날, 밤이 이슥하여 명렬 군이 나를 찾아왔다.

나는 생각지 않았던 손님이라 좀 떠름히 바라보았다마는 하여튼 우선 방으로 맞아들여서,

"밤중에 웬일이냐?"

하고 궁금하지 않을 수 없었다.

그는 아무 대답도 없었다. 침착한 그리고 무거운 낯을 하고 앉아서 궐련만 피고 있었다.

그러다 겨우 입을 여는 것이,

"너 나 좀 오늘 재워줄런?"

"그러려무나."

하고 선뜻 받긴 하였으나 나는 그게 무슨 소린가, 하였다. 입고 온 걸 보면 동저고리에 풀대님이다마는 나는 아무것도 묻지 않고 제대로 두었다. 그는 자기의 가정사에 관한 일을 남이 물으면 낯을 찌푸리는 사람이었다.

— 〈중앙〉, 1936. 8~9.

따라지

쪽대문을 열어놓으니 사직원이 환히 내려다보인다.

인제는 봄도 늦었나 보다. 저 건너 돌담 안에는 사쿠라꽃이 벌겋게 벌어졌다. 가지가지 나무에는 싱싱한 싹이 피었고 새침히 옷깃을 핥고 드는 요놈이 꽃샘이겠지. 까치들은 새끼 칠 집을 장만하느라고 가지를 입에 물고 날아들고―.

이런 제기럴, 우리 집은 언제나 수리를 하는 겐가. 해마다 고친다, 고친다, 벼르기는 연실 벼르면서 그렇다고 사직골 꼭대기에 올라붙은 깨끗한 초가집이라서 싫은 것도 아니다. 납작한 처마 끝에 비록 묵은 이엉이 무데기 무데기 흘러내리건 말건, 대문짝 한 짝이 삐뚜루 백이건 말건, 장뚝 뒤의 판장이 아주 벌컥 나자빠져도 좋다. 참말이지 그놈의 부엌 옆에 뒷간만 좀 고쳤으면 원이 없겠다. 밑둥의 벽이 확 나가서 어떤 게 부엌이고 뒷간인지 분간을 모르니 게다 여름이 되면 부엌 바닥으로 구더기가 슬슬 기어들질 않나. 이걸 보면 고대 먹었던 밥풀이 고만 곤두서고 만다. 에이 추해 추해 망할 녀석의 영감쟁이 그것 좀 고쳐달라고 그렇게 성화를 해도―.

쪽대문이 도로 닫겨지며 소리를 요란히 낸다. 아침 설거지에 젖은 손을 치마로 닦으며 주인마누라는 오만상이 찌프려진다.

그러나 실상은 사글세를 못 받아서 악이 오른 것이다. 영감더러 받아달라면 마누라에게 밀고 마누라가 받자니 고분히 내질 않는다.

여지껏 미뤄왔지만 느들 오늘은 안 될라 마음을 아주 다부지게 먹고 거는방 문을 획 열어젖힌다.

"여보! 어떻게 됐소?"

"아 이거 참 미안합니다. 오늘두―."

덥수룩한 칼라 머리를 이렇게 긁으며 역시 우물쭈물이다.

"오늘두라니 그럼 어떡헐 작정이오?"

하고 눈을 한번 무섭게 떠 보였다마는 이 위인은 맘만

얼러도 노할 주변도 못 된다.

나이가 새파랗게 젊은 녀석이 왜 이리 할 일이 없는지 밤낮 방구석에 팔짱을 지르고 멍하니 앉아서는 얼이 빠졌다. 그렇지 않으면 이불을 뒤쓰고는 줄창같이 낮잠이 아닌가. 햇빛을 못 봐서 얼굴이 누렇게 시들었다. 경무과 제복 공장의 직공으로 다니는 즈 누이의 월급으로 둘이 먹고 지낸다. 누이가 과부기에 망정이지 서방이라도 해가면 이건 어떡하려고 이러는지 모른다. 제 신세 딱한 줄은 모르고 만날

"돈은 우리 누님이 쓰는데요—누님 나오거든 말씀하십시오."

"당신 누님은 밤낮 사날만 참아달라는 게 아니요, 사날 사날 허니 그래 은제가 돼야 사날이란 말이요?"

"미안스럽습니다. 그러나 이번엔 사날 후에 꼭 드리겠습니다. 이왕 참아주시던 길이니—."

"글쎄 은제가 사날이란 말이요?"

하고 주름 잡힌 이맛살에 화가 다시 치밀지 않을 수가 없다. 이놈의 사날이란 석 달인지 삼 년인지 영문을 모른다. 그러나 저쪽도 쾌쾌히 들어덤벼야 말하기가 좋을 텐데 울가망으로 한풀 꺾이어 들옴에는 더 지껄일 맛도 없는 것이다.

"돈두 다 싫소, 오늘은 방을 내주."

그는 말 한마디 또렷이 남기고 방문을 탁 닫아버렸

다. 그리고 서너 발 뚜덜거리며 물러서자 다시 가서 문을 열어 잡고

"오늘 우리 조카가 이리 온다니까 어차피 방은 있어야 하겠소."

장독 옆으로 빠진 수채를 건너서면 바로 아랫방이다. 번시는 광이었으나 셋방 놓으려고 싱둥겅둥 방을 들인 것이다. 흙질한 것도 위채보다는 아직 성하고 신문지로 처덕이었을망정 제법 벽도 번뜻하다.

비바람이 들이치어 누렇게 들뜬 미닫이였다. 살며시 열고 노려보니 망할 노랑퉁이가 여전히 이불을 쓰고 끙, 끙, 누웠다. 노란 낯짝이 광대뼈가 툭 불거진 게 어제만도 더 못한 것 같다. 어쩌자고 저걸 들였는지 제 생각을 해도 소갈찌는 없었다. 돈도 좋거니와 팔자에 없는 송장을 칠까 봐 애간장이 다 졸아든다.

하기야 처음 올 때에 저 병색을 모른 것도 아니고

"영감님! 무슨 병환이슈?"

하고 겁을 먹으니까

"감기가 좀 들렸더니 이러우."

이런 굴치 같은 영감쟁이가 또 있으랴. 그리고 그날부터 뒷간에다 피똥을 내깔기며 이 앓는 소리로 쩔쩔매는 것이다. 보기에 추하기도 할 뿐더러 그 신음 소리를 들을 적마다 사지가 으스러지는 것 같다.

그러나 더 얄미운 것은 이걸 데리고 온 그 딸이었

다. 뻐쓰걸 다니니까 아마 거짓말이 심한 모양이다. 부족
증이라고 한마디만 했으면 속이나 시원할 걸 여태도 감
기가 쇄서 그렇다고 뻐득뻐득 우긴다. 방을 안 줄까 봐
속인 고 행실을 생각하면 곧 눈에 불이 올라서

"영감님! 오늘은 방셀 주서야지요?"

"시방 내 몸이 아파 죽겠소."

영감님은 괜한 소리를 한단 듯이 썩 군찮게 벽 쪽으
로 돌아눕는다. 그리고 어그머니 끙끙, 옴츠르드는 소리
를 친다.

"아니 영 방세는 안 내실 테요?"

하고 소리를 빽 지르지 않으려야 않을 수 없다.

"내 시방 죽는 몸이요, 가만있수."

"글쎄 죽는 건 죽는 거고 방세는 방세가 아니요, 영
감님 죽기로서니 어째 내 방세를 못 받는단 말이요!"

"내가 죽는데 어째 또 방세는 낸단 말이요?"

영감님은 고개를 돌리어 눈을 부릅뜨고 마나님 붐
지 않게 호령이었다. 죽을 때가 가까워 오니까 악이 받칠
대로 송두리 받친 모양이다.

"정 그렇거든 내 딸 오거든 받아 가구려."

"이건 누구에게 찌다운가 온, 별일두 다 많어이."

하고 홀로 입속으로 중얼거리며 물러가는 것도 상책일
는지 모른다. 괜스레 병든 것과 겯고틀고 이러단 결국 이
쪽이 한 굽 죄인다. 그보다는 딸이 나오거든 톡톡히 따져

서 내쫓는 것이 일이 쉬우리라.

고 옆으로 좀 사이를 두고 나란히 붙은 미닫이가 또 하나 있다. 열고자 문설주에 손을 대다가 잠깐 멈칫하였다. 툇마루 위에 무람없이 올려 놓은 이 구두는 분명히 아끼꼬의 구두일 게다. 문 열어볼 용기를 잃고 그는 부엌 쪽으로 돌아가며 쓴 입맛을 다시었다.

카펜가 뭔가 다니는 계집애들은 죄다 그렇게 망골들인지 모른다. 영애하고 아끼꼬는 아무리 잘 봐도 씨알이 사람 될 것 같지 않다. 아래위턱도 몰라보는 애들이 난봉질에 향수만 찾고 그래도 영애란 계집애는 비록 심술은 내고 내댈망정 뭘 물으면 대답이나 한다. 요 아끼꼬는 방세를 내래도 입을 꼭 다물고는 안차게도 대꾸 한마디 없다. 여러 번 듣기 싫게 조르면 그제서는 이쪽이 낼성을 제가 내가지고

"누가 있구두 안 내요? 좀 편히 계서요, 어련히 낼라구, 그런 극성 첨 보겠네."

이렇게 쥐어박는 소리를 하는 것이 아닌가. 좀 편히 계시라는 이 말에는 하 어이가 없어서도 고만 찔긋못한다.

"망할 년! 은젠 병이 들었었나?"

쓸 방을 못 쓰고 사글세를 논 것은 돈이 아쉬웠던 까닭이었다. 두 영감 마누라가 산다고 호젓해서 동무로 모은 것도 아니다. 그런데 팔자가 사나운지 모두 우거지

상, 노랑퉁이, 말괄량이, 이런 몹쓸 것들뿐이다. 이 망할 것들이 방세를 내는 셈도 아니요 그렇다고 아주 안 내는 것도 아니다. 한 달 치를 비록 석 달에 별러 내는 한이 있더라도 역 내는 건 내는 거였다. 즈들끼리 짜위나 한 듯이 팔십 전 칠십 전 그저 일 원, 요렇게 짤끔짤끔거리고 만다.

오늘은 크게 얼를 줄 알았더니 하고 보니까 역시 어제께나 다름이 없다. 방의 세간을 마루로 내놔가며 세를 들인 보람이 무엇인지 그는 마루 끝에 걸터앉아서 화풀이로 담배 한 대를 피워 문다.

그러나 아무리 생각해도 내 방 빌리고 내가 말 못하는 것은 병신스러운 짓임에 틀림이 없다. 담뱃대를 마루에 내던지고 약을 좀 올려가지고 다시 아래채로 내려간다. 기세 좋게 방문이 홱 열리었다.

"아끼꼬! 이봐! 자?"

아끼꼬는 네 활개를 벌리고 아끼꼬답게 무사태평히 코를 골아 올린다. 젖통이를 풀어 헤친 채 부끄럼 없고, 두 다리는 이불 싼 위로 번쩍 들어 올렸다. 담배 연기 가득 찬 방 안에는 분내가 홱 끼치고—.

"이봐! 아끼꼬! 자?"

이번에는 대문 밖에서도 잘 들릴 만큼 목청을 돋웠다. 그러나 생시에도 대답 없는 아끼꼬가 꿈속에서 대답할 리 없음을 알았다. 그저 겨우 입속으로

"망할 계집애두, 가랑머릴 쩍 벌리고 저게 온— 쩨쩨."

미닫이가 딱 닫히는 서슬에 문틀 위의 안약 병이 떨어진다.

그제야 아끼꼬는 조심히 눈을 떠보고 일어나 앉았다. 망할 년 저보고 누가 보랬나, 하고 한옆에 놓인 손거울을 집어 든다. 어젯밤 잠을 설친 바람에 얼굴이 부석부석하였다. 권연에 불이 붙는다.

그는 천장을 향하여 연기를 내뿜으며 가만히 바라본다. 뾰족한 입에서 연기는 고리가 되어 한 둘레 두 둘레 새어 나온다. 고놈을 하나씩 손가락으로 꼭 찔러서 터치고 터치고—.

아까부터 영애를 기다렸으나 오정이 가까워도 오질 않는다. 단성사엘 갔는지 창경원엘 갔는지, 그래도 저 혼자는 안 갈 것이고 이런 때이면 방 좁은 것이 새삼스레 불편하였다. 햇빛이 안 들고 늘 습한 건 말고 조금만 더 넓었으면 좋겠다. 영애나 아끼꼬나 둘 중의 누가 밤의 손님이 있으면 하나는 나가 잘 수밖에 없다. 둘이 자도 어깨가 맞부딪는데 그런데 셋이 눕기에는 너무 창피하였다. 나가서 자면 숙박료는 오십 전씩 받기로 하였으니까 못 갈 것도 아니다마는 그담 날 밝은 낮에 여기까지 허덕허덕 찾아오는 것은 어째 좀 어색한 일이었다.

어제도 카페서 나오다가 골목에서 영애를 꾹 찌르고

"애! 너 오늘 어디서 자구 오너라."

하고 귓속을 하니까

"또? 애 너는 좋구나!"

"좋긴 뭐가 좋아? 애두!"

아끼꼬는 좀 수줍은 생각이 들어 쭈뼛쭈뼛 그 손에 돈 팔십 전을 쥐여주었다. 여느 때 같으면 오십 전이지만 그만치 미안하였다. 마는 영애는 지루퉁한 낯으로 돈을 받아 넣으며 또 하는 소리가

"애! 인젠 종로 근처로 우리 큰 방을 얻어오자."

"그래 가만있어—잘 가거라 그리고 내일 일찍 와—."

남 인사하는 데는 대답 없고

"나만 밤낮 나와 자는구나!"

이것은 필시 아끼꼬에게 엇먹는 조롱이겠지. 망할 애도 저더러 누가 뚱뚱하고 못생기게 나랬나, 그렇게 빼지게 하지만 영애가 설마 아끼꼬에게 빼지거나 엇먹지는 않았으리라.

아끼꼬는 벽께로 허리를 펴며 팔뚝시계를 다시 본다. 오정하고 십오 분 또 삼 분, 영애가 올 때가 되었는데 망할 거 누가 채갔나 기지개를 한번 늘이고 돌아누우며 미닫이께로 고개를 가져간다. 문 아랫도리에 손가락 하나 드나들 만한 구멍이 뚫리었다. 주인마누라가 그제야 좀 화가 식었는지 안방으로 휘젓고 들어가는 치마꼬

리가 보인다. 그리고 마루 뒤주 위에는 언제 꺾어다 꽂았
는지 정종병에 엉성히 뻗은 꽃가지. 붉게 핀 것은 복숭아
꽃일 게고 노랗게 척척 늘어진 저건 개나리다. 건넌방 문
은 여전히 꼭 닫혔고 뒷간에 가는 기색도 없다. 저 속에
는 지금 제가 별명진 톨스토이가 책상 앞에 웅크리고 앉
아서 눈을 감고 있으리라. 올라가서 이야기 좀 하고 싶어
도 구렁이 같은 주인마누라가 지키고 앉아서 감히 나오
지를 못한다.

　이것은 아끼꼬가 안채의 기맥을 정탐하는 썩 필요
한 구멍이었다. 뿐만 아니라 저녁나절에는 재미스러운
연극을 보는 한 요지경도 된다. 어느 때에는 영애와 같이
나란히 누워서 베개를 베고 하나 한 구멍씩 맡아가지고
구경을 한다. 왜냐면 다섯 점 반쯤 되면 완전히 히스테리
인 톨스토이의 누님이 공장에서 나오는 까닭이었다.

　그 누님은 성질이 어찌 괄한지 대문간서부터 들어
오는 기색이 난다. 입을 꼭 다물고 눈살을 접은 그 얼굴
을 보면 일상 마땅치 않은 그리고 세상의 낙을 모르는
사람 같다. 어깨는 축 늘어지고 풀 없어 보이면서 게다
걸음만 빠르다. 들어오면 우선 건넌방 툇마루에다 빈 벤
또를 쟁그렁 하고 내다 붙인다. 이것은 아우에게 시위도
되거니와 이래야 또 직성도 풀린다.

　그리고 그는 눈을 휘둥그렇게 뜨고 사면의 불평을
찾기 시작한다마는 아우는 마당도 쓸어놓고, 부뚜막의

그릇도 치우고, 물독의 뚜껑도 잘 덮어놓았다. 신발장이라도 잘못 놓여야 트집을 걸 텐데 아주 말쑥하니까 물바가지를 땅으로 동댕이친다. 이렇게 불평을 찾다가 불평이 없어도 또한 불평이었다.

"마당을 쓸면 잘 쓸던지, 그릇에다 흙칠을 온통 해 놨으니 이게 뭐냐?"

끝이 꼬부라진 그 책망, 아우는 방 속에서 끽소리 없다.

"밥을 얻어먹으면 밥값을 해야지, 늘 부처님같이 방 구석에 꽉 앉았기만 하면 고만이냐?"

이것이 하루 몇 번씩 귀 아프게 듣는 인사이었다. 눈을 홉뜨고 서서, 문 닫힌 건넌방을 향하여 퍼붓는 포악이었다. 그런 때이면 야윈 목에 굵은 핏대가 불끈 솟고 구부정한 허리로 게거품까지 흐른다. 그러나 이건 보통 때의 말이다. 어쩌다 공장에서 뒤를 늦게 본다고 감독에게 쥐어 박히거나, 혹은 재봉침에 엄지손톱을 박아서 반쯤 죽어 오는 적도 있다. 그러면 가뜩이나 급한 그 행동이 더 불이야 불이야 한다. 손에 잡히는 대로 그릇을 내던져 깨치며

"왜 내가 이 고생을 해가며 널 먹이니 응 이놈아?"

헐없이 미친 사람이 된다. 아우는 그래도 귀가 먹은 듯이 잠자코 앉았다. 누님은 혼자 서서 제 몸을 들볶다가 나중에는 울음이 탁 터진다. 공장살이에 받는 설움을 모

두 아우의 탓으로 돌린다. 그러면 할 일 없이 아우는 마당에 내려와서 누님의 어깨를 두 손으로 붙잡고

"누님! 다 내가 잘못했수 그만두."

하고 달래지 않을 수 없다.

"네가 이놈아! 내 살을 뜯어 먹는 거야."

"그래 알았수, 내가 다 잘못했으니 고만둡시다."

"듣기 싫여, 물러나."

하고 벌컥 떠다밀면 땅에 펄썩 주저앉는 아우다. 열적은 듯, 죄송한 듯, 얼굴이 벌게서 털고 일어나는 그 아우를 보면 우습고도 일변 가여웠다.

그러나 더 우스운 것은 마루에서 저녁을 먹을 때의 광경이다. 누님이 밥을 퍼가지고 올라와서는 암말 없이 아우 앞으로 한 그릇을 쭉 밀어놓는다. 그리고 자기는 자기대로 외면하여 푹푹 퍼먹고 일어선다. 물론 반찬도 각각 먹는 것이다. 아우는 군말 없이 두 다리를 세우고 눈을 내리깔고는 그 밥을 떠먹는다. 방에 앉아서, 주인마누라는 업신여기는 눈으로 은근히 흘겨준다.

영애는 톨스토이가 너무 병신스러운 데 골을 낸다. 암만 얻어먹더라도 씩씩하게 대들질 못하고 저런, 저런. 그러나 아끼꼬는 바보가 아니라 사람이 너무 착해서 그렇다고 우긴다.

하긴 그렇다고 누님이 자기 밥을 얻어먹는 아우가 미워서 그런 것도 아니다. 나뭇잎이 둥금둥금 날리던 작

년 가을이었다. 매일같이 하 들볶으니까 온다 간다 말없이 하루는 아우가 없어졌다. 이틀이 되어도 없고 사흘이 되어도 없고 일주일이 썩 지나도 영 들오지를 않는다.

누님은 아우를 찾으러 다니기에 눈이 뒤집혔다. 그렇게 착실히 다니던 공장에도 며칠씩 빠지고, 혹은 밥도 굶었다. 나중에는 아우가 한을 품고 죽었나보다고 집에 들오면 마루에 주저앉아서 통곡이었다. 심지어 아끼꼬의 손목을 다 붙잡고

"여보! 내 아우 좀 찾아주, 미치겠수."

"그렇지만 제가 어딜 간 줄 알아야지요."

"아니 그런 데 놀러 가거든 좀 붙들어 주, 부모 없이 불쌍히 자란 그놈이—."

말끝도 다 못 마치고 이렇게 울던 누님이 아니었던가. 아흐레만에야 아우는 남대문 밖 동무 집에서 찾아왔다. 누님은 기뻐서 또 울었다. 그리고 그담 날부터 다시 들볶기 시작하였다.

이 속은 참으로 알 수 없고, 여북해야 아끼꼬는 대문 소리만 좀 다르면

"애 영애야! 변덕쟁이 온다. 어서 이리 와."

하고 잇속 없이 신이 오른다.

아끼꼬는 남모르게 톨스토이를 맘에 두었다. 꿈을 꾸어도 늘 울가망으로 톨스토이가 나타나곤 한다. 꼭 바렌치노같이 두 팔을 떡 벌리고 하는 소리가 오! 저는 당

신을 사랑합니다. 이 가슴에 안겨주소서. 그러나 생시에는 이놈의 톨스토이가 아끼꼬의 애타는 속도 모르고 본 둥 만 둥이 아닌가. 손님에게 꼭 답장할 필요가 있어서

"선생님! 저 연애편지 하나만 써주서요."

아끼꼬가 톨스토이를 찾아가면

"저 그런 거 못 씁니다."

"소설 쓰시는 이가 그래 연애편지를 못 써요?"

하고 어안이 벙벙해서 한참 쳐다본다. 책상 앞에서 늘 쓰고 있는 것이 소설이란 말은 여러 번이나 들었다. 그래 존경해서 선생님이라고 부르고 뒤에서는 톨스토이로 바치는데 그래 연애편지 하나 못 쓴다니 이게 말이 되느냐 하도 기가 막혀서

"선생님! 연애해보셨어요?"

하면 무안당한 계집애처럼 그만 얼굴이 벌게진다.

"전 그런 거 모릅니다."

아끼꼬는 톨스토이가 저한테 흥미를 안 갖는 걸 알고 좀 샐쭉하였다. 카페서 구는 여급이라고 넘보는 맥인지 조선말로 부르면 숭해서 아끼꼬로 행세는 하지만 영영 아끼꼰 줄 안다. 어쩌면 톨스토이가 숭측스럽게 아랫방 뻐쓰걸과 눈이 맞았는지도 모른다. 왜냐면 뻐쓰걸이 나갈 때 고때쯤 해서 톨스토이가 세수를 하러 나오고 하는 것을 보았다. 그리고 옥생각인진 몰라도 뻐쓰걸도 요즘엔 버쩍 모양을 내기에 몸이 달았다.

며칠 전에는 뻐쓰걸이 거울과 가위를 손에 들고서 아끼꼬의 방엘 찾아왔다.

　"언니! 나 이 머리 좀 잘라 주."

　"건 왜 자를려구 그래 그냥 두지?"

　"날마다 머리 빗기가 구찮어서 그래."

하고 좀 거북한 표정을 하더니

　"난 언니 머리가 좋아 몽톡한 게!"

웃음으로 겨우 버무린다.

　하 조르므로 아끼꼬도 그 좋은 머리를 아니 자를 수 없다. 가위에 힘을 주어 그 중턱을 툭 끊었다. 뻐쓰걸은 손으로 만져보더니 재겹게 기쁜 모양이다. 확 돌아앉아서 납쭉한 주뎅이로 해해 웃으며

　"언니 머리같이 더 좀 디려 잘라주어요."

　"더 자르믄 못써 이만하면 좋지 않어?"

　대고 졸랐으나 아끼꼬는 머리를 버려놀까 봐 더 응칠 않었다. 여기에 성이 바르르 나서 뻐쓰걸은 제 방으로 가서는 제 손으로 더 몽총히 잘라버렸다. 그 뜯어놓은 머리에다 분을 하얗게 바르고는 아주 좋다고 나다니는 계집애다. 양말 뒤축에 빵꾸가 좀 나도 즈 방 들어갈 제 뒤로 기어든다.

　아침에 나갈 제 보면 뻐쓰걸은 커단 책보를 옆에 끼고 아주 버젓하다. 처음에 아끼꼬가 고등과에 다니는 학생인가 한 것도 무리는 아니었다. 왜냐면 그 책보가 고등

과에 다니는 책보같이 그렇게 탐스럽고 허울이 좋았다.
그러나 차차 알고 보니까 보지도 않은 헌 잡지를 그렇게
포개고 고사이에 변또를 꼭 물려서 싼 책보이었다. 변또
하나만 차면 공장의 계집애나 뻐쓰걸로 알까 봐서 그 무
거운 잡지책들을 힘든 줄도 모르고 들고 왔다 갔다 하는
것이 아니냐. 그래놓고는 저녁에 돌아올 때면 웬 도적놈
같은 무서운 중학생 놈이 쫓아오고 한다고 늘 성화다.

"그눔 대리를 꺾어놓지."

이렇게 딸의 비위를 맞추어 병든 아버지는 이불 속
에서 큰소리다. 그리고 아침마다 딸 맘에 떡 들도록 그
책보를 싸는 것도 역 그의 일이었다. 정성스레 귀를 내어
문밖으로 두 손을 내받치며

"얘! 일찌가니 돌아오너라 감기 들라."

이런 걸 보면 영애는 또 마음에 마뜩치 않았다. 딸
에게 구리척척히 구는 아버지는 보기가 개만도 못하다
했다. 그래 아끼꼬와 쓸데 적게 주고받고 다툰 일까지
있다.

"그럼 딸의 거 얻어먹구 그러지도 않어?"

"그러니 더 든적스럽지_{하는} 짓 따위가 치사하고 더러운 데가 있지 뭐
냐?"

"든적스럽긴 얻어먹는 게 든적스러, 몸에 병은 있구
그럼 어떡허니? 애두! 너무 빠장빠장 우기는구나!"

아끼꼬는 샐쭉 토라지다 고개를 다시 돌리어 옹크

라 뜯는 소리로

　"너 느 아버지가 팔아먹었다지, 그래 네 맘에 좋냐?"

　"애두! 절더러 누가 그런 소리 하라나?"

하고 영애는 더 덤비지 못하고 그제서는 눈으로 치마를 걷어 올린다. 이렇게까지 영애는 그 병쟁이가 몹시도 싫었다. 누렇게 말라붙은 그 얼굴을 보고 김마까라는 별명을 지을 만치 그렇게 밉살스럽다. 왜냐면 어느 날 김마까가 영애의 영업을 방해하였다.

　그날은 어쩐 일인지 김마까가 초저녁부터 딸과 싸운 모양이었다. 새로 두 점쯤 해서 영애가 들어오니까 둘이 소군소군하고 싸우는 맥이다. 가뜩이나 엄살을 부리는 데다 더 흉측을 떨며

　"어이쿠! 어이쿠! 하나님 맙시사!"

　그렇지 않으면

　"하나님! 날 잡아가지 왜 이리 남겨두슈!"

　아래위 칸을 흙벽으로 막았으면 좋을 걸 얇은 빈지 한 짝씩 끼웠다 떼었다 할 수 있게 만든 문를 드리고 종이로 발랐다. 위 칸에서 부시럭 소리만 나도 아래 칸까지 고대로 흘러든다. 그 벽에다 머리를 쾅쾅 부딪치며

　"어이구! 이놈의 팔자두!"

　제 깐에는 딸 앞에서 죽는다고 결기를 날리는 꼴이다. 그러면 딸은 표독스러운 음성으로

　"누가 아버지보고 돌아가시랬어요? 괜히 남의 비위

를 긁어놓구 그러시네!"

"늙은이보구 담밸 끊으라는 게 죽으라는 게지 뭐야!"

"그게 죽으라는 거야요? 남 들으면 정말로 알겠네—."

딸이 좀 더 볼멘소리로 쏘아 박으니 또다시

"어이구! 이놈의 팔자두!"

벽에 머리를 부딪치며 어린애같이 꺽꺽 울고 앉았다. 질긴 귀로도 못 들을 징그러운 그 울음소리—.

가물에 빗방울같이 모처럼 끌고 왔던 영애의 손님이 이마를 접는다. 그리고 아무 말 없이 취한 자리로 비틀비틀 쪽마루로 내걷는다. 되는 대로 구두짝이 끌린다.

"왜 가서요?"

"요담 또 오지."

"여보서요! 이 밤중에 어딜 간다구 그러서요?"
하고 대문간서 그 양복을 잡아챈다마는 허황한 손이 올라와 툭툭 털어버리고

"요담 또 오지."

그리고 천변을 끼고 비틀거리는 술 취한 걸음이다. 영애는 눈에 독이 잔뜩 올라서 한 전등이 둘 셋씩 보인다. 빈방 안에 홀로 누워서 입속으로 김마까를 악담을 하며 눈물이 핑 돈다.

벌써 한 점 사십오 분, 영애는 디툭디툭 들어오며

살집 좋은 얼굴이 싱글벙글이다. 손에는 퉁퉁한 과자 봉지. 미닫이를 여니 윗목 구석에 쓸어 박은 헌 양말짝, 때전 속곳, 보기에 어수산란하다.

"벌써 오니? 좀 더 있지—."

"애두! 목욕허구 온단다."

"목욕은 혼자 가니?"

하고 좀 뻐지려 한다.

"그래 너 줄라구 과자 사 왔어요—."

"그럼 그렇지 우리 영애가!"

요강에서 손을 뽑으며 긴히 달려든다. 아끼꼬는 오줌을 눌 적마다 요강에 받아서는 이 손을 담그고 한참 있고 저 손을 담그고. 그러나 석 달이나 넘어 그랬건만 손결이 별로 고와진 것 같지 않다. 그 손을 수건에 닦고 나서

"모두 나마까시'생과자'를 뜻하는 일본어만 사 왔구나?"

우선 하나를 덥석 물어 뗀다.

"그 손으로 그냥 먹니? 애! 난 싫단다!"

"메 드러워? 저두 오줌은 누면서 그래."

"그래도 먹는 것하구 같으냐?"

하지만 영애는 아끼꼬보다 마음이 훨씬 눅었다. 더 타내지 않고 그런 양으로 앉아서 같이 집어 먹는다. 그의 마음에는 아끼꼬의 생활이 몹시 부러웠다. 여러 손님의 사랑에 고이며 이쁜 얼굴을 자랑하는 아끼꼬. 영애 자신

도 꼭 껴안아 주고 싶은 아담스러운 그런 얼굴이다.

"그인 은제 갔니?"

"새벽녘에 내뺐단다. 아주 숫배기야."

"넌 참 좋겠다. 나두 연애 좀 해봤으면!"

"허려무나 누가 허지 말라니?"

"아니 너 같은 연앤 싫여. 정신으로만 허는 연애 말이지."

하고 어딘가 좀 뒤둥그러진 소리.

"오! 보구만 속 태우는 연애 말이지?"

하긴 했으나 아끼꼬는 어쩐지 영애에게 너무 심하게 한 듯싶었다. 가뜩이나 제 몸 못난 것을 은근히 슬퍼하는 애를—.

"애! 별소리 말아요, 연애두 몇 번 해보면 다 시들해지는 걸 모르니? 난 일상 맘 편히 혼자 지내는 네가 부럽드라!"

하고 슬그머니 한번 문질러주면

"메가 부러워? 애두! 괜히 저러지."

영애는 이렇게 부인은 하면서도 벙싯하고 짜정 우월감을 느껴보려 한다. 영애도 한때에는 주체궂은 살을 말리고자 아편도 먹어봤다. 남의 말대로 듬뿍 먹었다가 꼬박이 이틀 동안을 일어나도 못 하고 고생하던 생각을 하면 시방도 등어리가 선뜩하다. 그러나 영애에게도 어쩌다 염서가 오는 것은 참 신통한 일이라 안 할 수 없다.

"또 뭐 뒤져갔니?"

하고 영애는 의심이 나서 제 경대 서랍을 뒤져본다. 과연 며칠 전 어떤 전문학교 학생에게 받은 끔찍이 귀한 연애 편지가 또 없어졌다. 사내들은 어째서 남의 계집애 세간을 뒤져가기 좋아하는지 그 심사는 참으로 알 수 없고

"또 집어갔구나? 이럼 난 모른단다!"

영애는 고만 울상이 된다.

"뭐?"

"편지 말이야!"

"무슨 편지를?"

"왜 요전에 받은 그 연애편지 말이야."

"저런! 그 망할 자식이 그건 뭣 하러 집어가 난 통히 보덜 못했는데― 수줍은 척하더니 아니, 숭악한 자식이 로군!"

아끼꼬는 가는 눈썹을 더욱이 잰다. 그리고 무색한 듯 영애의 눈치만 한참 바라보더니

"내 톨스토이보고 하나 써달라마 그럼 이담 연애편지 쓸 때 그거 보구 쓰면 고만 아냐."

하고 곱게 달랜다. 그러나 과연 톨스토이가 하나 써줄는지 그것도 의문이다. 영애가 벌써 전부터 여기를 떠나자고 졸라도 좀좀 하고 망설이고 있는 아끼꼬! 그런 성의를 모르고 톨스토이는 아끼꼬를 보아도 늘 한양으로 대단치 않게 지나간다. 그렇다고 한때는 뼈쓰걸에게 맘을

두었나, 하고 의심을 해봤으나 실상은 그런 것도 아닐 것이다. 낮에 사직원 산으로 올라가면 아끼꼬는 가끔 톨스토이를 만난다. 굵은 소나무 줄기에 등을 비겨대고 먼 하늘만 정신없이 바라보고 섰는 톨스토이다. 아끼꼬가 그 앞을 지나가도 못 본 척하고 들떠 보도 않는다. 약이 올라서 속으로 망할 자식 하고 욕도 하여본다. 그러나 낭종 알고 보면 못 본 척이 아니라 사실 눈 뜨고 못 보는 것이다. 그렇게 등신같이 한눈을 팔고 섰는 톨스토이다. 이걸 보면 아끼꼬는 여자고보를 중도에 퇴학하던 저의 과거를 연상하고 가엾은 생각이 든다. 누님에게 얻어먹고 저러고 있는 것이 오죽 고생이랴. 그리고 학교 때 수신 선생이 이야기하던 착하고 바보 같다는 그 톨스토이가 과연 저런 건지 하고 객쩍은 조바심도 든다.

아끼꼬는 기침을 캑 하고 그 앞으로 다가선다. 눈을 깜박깜박하며

"선생님! 뭘 그렇게 생각하서요?"

하고 불쌍한 낯을 하면

"아니요—."

하고 어색한 듯이 어물어물하고 만다.

"그렇게 섰지 마시고 좀 운동을 해보서요."

하도 딱하여 아끼꼬는 이렇게 권고도 하여본다.

"오늘은 방을 좀 쳐야 하겠소. 여기 내 조카도 지금 오고 했으니까—."

주인마누라는 악이 바짝 올라서 매섭게 쏘아본다. 방에서만 꾸물꾸물 방패막이를 하고 있는 톨스토이가 여간 밉지 않다.

　　"아 여보! 방의 세간을 좀 치워줘요. 그래야 오는 사람이 들어가질 않소?"

　　"사날만 더 참아줍쇼 이번엔 꼭 내겠습니다."

　　"아니 뭐 사글세를 안 낸대서 그런 게 아니요 내가 오늘부터 잘 데가 없고 이 방을 꼭 써야 하겠기에 그래서 방을 내달라는 것이지─."

　　양복바지를 거반 웅덩이에 걸친 버드렁니가 이렇게 허리를 쓱 편다. 주인마누라가 툭하면 불러온다는 즈 조카라는 놈이 필연 이걸 게다. 혼자 독학으로 부청에까지 출세를 한 굉장한 사람이라고 늘 입의 침이 말랐다. 그러나 귀 처진 눈은 말고 헤벌어진 입에 양복 입은 체격하고 별로 굉장한 것 같지 않다. 게다 얼짜가 분수없이 뻐팅기려고

　　"참아주시던 길이니 며칠만 더 참아주십시요."

　　이렇게 애걸하면

　　"아 여보! 당신만 그래 사람이오?"

하고 제법 삿대질까지 할 줄 안다.

　　"저런 자식두! 못두 생겼네 저게 아마 경성부 고쓰깽인 거지?"

　　"글쎄 그래도 제법 넥타일 다 잡숫구."

하고 손가락이 들어가 문의 구멍을 좀 더 후벼 판다마는 아끼꼬는 구렁이(주인마누라)의 속을 빼얀히 다 안다. 인젠 방세도 싫고 셋방 사람을 다 내쫓으려 한다. 김마까나 아끼꼬는 겁이 나서 차마 못 건드리고 제일 만만한 톨스토이부터 우선 몰아내려는 연극이렷다.

"저 구렝이 좀 봐라 옆에 서서 눈짓을 해가며 자꾸 씨기지."

"글쎄 자식도 얼간이가 아냐? 즈 아즈멈 시기는 대로 놀구 섰네."

"어쭈 얼짜가 뻐팅긴다. 지가 우와기를 벗어노면 어쩔 테야그래? 자식두!"

"톨스토이가 잠자꾸 앉았으니까 약이 올라서 저래, 맛부리는 게 밉살머리궂지? 자식 그저 한 대 앵겨줬으면."

"내가 한 대 먹이면 저거 고택골 간다. 그래니깐 아끼꼬한테 감히 못 오지 않어?"

주먹을 이렇게 들어 뵈다가 고만 영애의 턱을 치질렀다. 영애는 고개를 저리 돌리어 또 빼쭉하고

"애 이럼 난 싫단다!"

"누가 뭐 부러 그랬니 또 빼쭉하게?"

하고 아끼꼬도 좀 빼쭉하다가 슬슬 눙치며

"그래 잘못했다. 고만두자 쐭쐭쐭—."

영애의 턱을 손등으로 문질러주고

"재! 저것 봐라 놈은 팔을 걷고 구렁이는 마루를 구르고 야단이다."

"얘 재밌다 구렁이가 약이 바짝 올랐지?"

"저 자식 보게 제 맘대로 남의 방엘 막 들어가지 않어?"

아끼꼬가 영애에게 눈을 크게 뜨니까

"뭐 일을 칠 것 같지? 병신이 지랄한다더니 정말인가 베!"

"저 자식이 남의 세간을 제 맘대로 내놓질 않나? 경을 칠 자식!"

"그건 나무래 뭘 해 그저 톨스토이가 바보야! 그래도 부처같이 잠자꼬 앉었지 않어? 세상엔 별 바보두 다 많어이!"

아끼꼬는 그건 들은 체도 안 하고 대뜸 일어선다. 미닫이가 열리자 우람스러운 걸음. 한숨에 안마루로 올라서며 볼멘소리다.

"아니 여보슈! 남의 세간을 그래 맘대로 내놓는 법이 있소?"

"당신이 웬 챙견이요?"

얼찌는 톨스토이의 책상을 들고 나오다 방문턱에 우뚝 멈춘다. 눈을 휘둥그렇게 뜨고 주저주저하는 양이 대담한 아끼꼬에 저으기 놀란 모양—.

"오늘부터 내가 여기서 자야 할 테니까—그래서—

방을 치는데—."

얼찌는 주변성 없는 말로 이렇게 굴다가

"당신 맘대로 방은 치는 거요?"

"그럼 내 방 내 맘대로 치지 누구에게 물어본단 말이유?"

하고 제법 을딱딱이긴 했으나 뒷갈망은 구렁이에게 눈짓을 슬슬 한다.

"그렇지 내 방 내가 치는데 누가 뭐 할 턱 있나?"

"당신 맘대룬 안 되우 그 책상 도루 저리 갖다 놓우. 사글세를 내란다든지 하는 게 옳지 등을 밀어 내쫓는 경우가 어디 있단 말이오?"

"아니 아끼꼬는 제 거나 낼 생각 하지 웬 걱정이야? 저리 비켜서!"

구렁이는 문을 막고 섰는 아끼꼬의 팔을 잡아당긴다. 에패^{예전}는 찍소리 없이 눌려왔지만 오늘은 얼찌를 잔뜩 믿는 모양이다. 이걸 보고 옆에 섰던 영애가 또 아니꼬워서

"제 거라니? 누구보고 저야? 이 늙은이가 눈깔이 뺐나?"

하고 그 팔을 뒤로 확 잡아챈다. 늙은 구렁이와 영애는 몸 중량의 비례가 안 된다. 제풀에 비틀비틀 돌더니 벽에 가 쿵 하고 쓰러진다. 그러나 눈을 감고 턱이 떨리는 아이고 소리는 엄살이다.

얼짜가 문턱에 책상을 떨구더니 용감히 홱 넘어 나온다. 아끼꼬는 저 자식이 더럽게 달마찌의 흉내를 내는구나 할 동안도 없이 영애의 뺨이 쩔꺽―.

"이년아! 늙은이를 쳐?"

"아 이 자식 보레! 누구 뺨을 때려?"

아끼꼬는 악을 지르자 그 석대를 뒤로 잡아 나꿔챈다. 마루 위에 놓였던 다듬잇돌에 걸리어 얼짜는 응덩방아가 쿵 하고 잡은 참 날아드는 숯 보구니는 독 오른 영애의 분풀이다.

그러자 또 아랫방 문이 홱 열리고 지팡이가 김마까를 끌고 나온다.

"이 자식이 웬 자식인데 남의 계집애 뺨을 때려? 온 이런 망하다 판이 날 자식이 눈에 아무 것두 뵈질 않나―세상이 망한다 망한다 한대두만 이런 자식은."

김마까는 뜰에서부터 사방이 들으라고 왁짝 떠들며 올라온다.

구렁이한테 늘 쪼여 지내던 원한의 복수로 아끼꼬와 서로 멱살잡이로 섰는 얼짜의 복장을 지팽이로 내지른다.

"이런 염병을 하다 땀통이 끊어질 자식이 있나!"

그와 동시에 김마까는 검불같이 뒤로 벌렁 나자빠졌다. 내댔던 지팡이가 도로 물러오며 바짝 마른 허구리를 쳤던 것이다. 개신개신 몸을 일으집으며 김마까는 구시월 서리 맞은 독사가 된다.

"이 자식아! 너는 니 애비두 없니?"

대뜸 지팡이는 날아들어 얼짜의 귓배기를 내려 갈
긴다. 딱 하고 뼈 닿는 무딘 소리. 얼짜는 고개를 푹 꺾고
귀에 두 손을 들이대자 죽은 듯이 꼼짝 못 한다.

아끼꼬도 얼짜에게 뺨 한 대를 얻어맞고 울고 있었
다. 이 좋은 기회를 타서 얼짜의 등 뒤로 빨간 얼굴이 달
겨든다. 이걸 곤투식으로 집어셀까 하다 그대로 그 어깻
죽지를 뒤로 물고 늘어진다. 아아 이렇게 외마디 소리로
아가리를 딱딱 벌린다. 그리고 뒤통수로 암팡스레 날아
든 것은 영애의 주먹이다.

톨스토이는 모두가 미안쩍고 따라 제풀에 지질려서
어쩔 줄을 모른다. 옆에서 눈을 흘기는 영애도 모르고

"노서요 고만 노서요 이거 이럼 어떡헙니까?"
하며 아끼꼬의 등을 두 손으로 흔든다. 구렝이도 벌벌 떨
어가며

"이년이 사람을 뜯어 먹을 텐가 안 놓으니 이거 안
놔?"

아끼꼬를 대고 잡아당기며 어른다. 그러나 잡아당
기면 당길수록 얼짜는 소리를 더 지른다. 이러다간 일만
크게 벌어질 걸 알고 구렝이는 간이 고만 달룽한다. 이번
사품에 안방 미닫이는 설쭉이 부러지고 뒤주 위에 얹혔
던 대접이 둘이나 떨어져 깨졌다. 잔뜩 믿었던 조카는 저

○

196

렇게 죽게 되고 이러단 방은커녕 사람을 잡겠다 생각하고 그는 온몸이 덜덜 떨리었다. 게다 모질게 내려치는 김마까의 지팽이―.

구렝이는 부리나케 대문 밖으로 나왔다. 골목길을 내려오며 뒤에 날리는 치맛자락에 바람이 났다.

"사글세를 내렸으면 좋지 내쫓으려구 하니까 그렇게 분란이 일구 하는 게 아니야?"

"아닙니다 누가 내쫓으려고 그래요, 세를 내라구 그러니깐 그렇게 아끼꼬라는 년이 올라와서 온통 사람을 뜯어 먹고 그러는군요!"

"말 마라 내쫓으려구 헌 걸 아는데 그래, 요전에도 또 한 번 그런 일이 있었지?"

순사는 노파의 뒤를 따라오며 나른한 하품을 주먹으로 끈다. 푹하면 와서 찐대를 붙은 노파의 행세가 여간 구찮지 않다. 조꼬맣게 말라붙은 노파의 신 머리쪽을 바라보며

"올해 몇 살이냐?"

"그년 열아홉이죠 그런데 그렇게―."

"아니 노파 말이야?"

"네 제 나요? 왜 쉰일곱이라구 전번에 여쭸지요 그런데 이 고생을 하는군요."

하고 궁상스레 우는소리다.

노파는 김마까보다도 톨스토이보다도 누구보다도

아끼꼬가 가장 미웠다. 방세를 받으려도 중뿔나게 가로 맡아서 지랄하기가 일쑤요 또 밤낮 듣기 싫게 창가질이 요 게다 세숫물을 버려도 일부러 심청 궂게 안마루 끝 으로 홱 끼얹는 아끼꼬 이년을 이번에는 경을 흠씬 치 도록 해야 할 텐데 속이 간질대서 그는 총총걸음을 치 다가 돌부리에 채여 고만 나가둥그러진다. 그 바람에 쓰 레기통 한 귀에 내뻗은 못에 가서 치맛자락이 찌익 하 고 찢어진다.

"망할 자식 같으니 씨레기통의 못두 못 박았나!" 하고 흙을 털고 일어나며 역정이 난다. 그 꼴을 보고 순 사는 손으로 웃음을 가린다.

"그 봐! 이젠 다시 오지 마라 이번엔 할 수 없지만 또다시 오면 그땐 노파를 잡아갈 테야?"

"네― 다시 갈 리 있겠습니까. 그저 이번에 그 아끼 꼬란 년만 흠씬 버릇을 아르켜주십시오. 늙은이보구 욕 을 않나요 사람 치질 않나요! 그리고 안죽 핏대도 다 안 마른 년이 서방이 몇인지 수가 없어요―."

순사는 코대답을 해가며 귓등으로 듣는다. 너무 많 이 들어서 인제는 흥미를 놓친 까닭이었다. 갈팡질팡 문 지방을 넘다 또 고꾸라지려는 노파를 뒤로 부축하며 눈 살을 찌푸린다. 알고 보니 짐작대로 노파 허풍에 또 속은 모양이었다. 살인이 났다고 짓떠들더니 임장하여^{어떤 일이나} ^{문제가 일어난 현장에 나와} 보니까 조용한 집 안에 웬 낯선 양복쟁이 하나만 마루 끝에서 천연스레 담배를 피울 뿐이다. 그러고는 장독 사이에서 왔다 갔다 하며 뭘 주워 먹는 생쥐가 있을 뿐 신발짝 하나 난잡히 놓이지 않았다. 하 어처구니가 없어서

"어서 죽었어?"

"어이구 분해! 이것들이 또 저를 고랑땡을 먹이는군요! 입때까지 저 마룽에서 치고 차고 깨물고 했답니다."

노파는 이렇게 주먹으로 복장을 찧으며 원통한 사정을 하소한다. 왜냐면 이것들이 이 기맥을 벌써 눈치채고 제각기 헤져서 아주 얌전히 박혀 있다. 아끼꼬는 문을 닫고 제 방에서 콧노래를 부르고, 지팽이를 들고 날뛰던 김마까는 언제 그랬더냔 듯이 제 방에서 끙끙 여전한 신음 소리. 이렇게 되면 이번에도 또 자기만 나물리키게 될 것을 알고

"어이구 분해! 어이구 분해!"

주먹으로 복장을 연팡 들두들기다 조카를 보고

"얘— 넌 어떻게 돼서 이렇게 혼자 앉었니?"

"뭘 어떻게 돼요 되긴?"

하고 눈을 지릅 뜨는 그 대답은 썩 퉁명스럽고 걱세다. 이런 화중으로 끌고 온 아즈멈이 몹시도 밉고 원망스러운 눈치가 아닌가.

이걸 보면 경은 무던히 치고 난 놈이다.

"어이구 분해! 너꺼정 이러니!"

"뭘 분해? 이 망할 것아!"

순사는 소리를 빽 지르고 도로 돌아서려 한다.

"나리! 저 좀 보서요 문 부서진 것하구 대접 깨진 걸 보서두 알지 않아요?"

"어떤 조카가 죽었어그래?"

"이것이 그렇게 죽도록 경을 치고두 바보가 돼서 이래요!"

"바보면 죽어두 사나?"

하고 순사는 고개를 디밀어 마루께를 살펴보니 딴은 그릇은 깨지고 문은 부서졌다. 능글맞은 노파가 일부러 그런 줄은 아나 그렇다고 책임상 그냥 가기도 어렵다. 퍽도 극성스러운 늙은이라 생각하고

"누가 그랬어그래?"

"저 아끼꼬가 혼자 그랬어요!"

"아끼꼬! 고반_{일제 강점기의 파출소}까지 같이 가."

"네! 그러서요"

하도 여러 번 겪는 일이라 이제는 아주 익숙하다. 저고리를 갈아입으며 웃는 얼굴로 내려온다. 그러나 순사를 따라 대문을 나설 적에는 고개를 모로 돌리어 구렁이에게 몹시 눈총을 준다.

순사는 아끼꼬를 데리고 느른한 걸음으로 골목을 꼽든다. 쪽다리를 건너니 화창한 사직원 마당. 봄이라고 땅의 잔디는 파릇파릇 돋았다. 저 위에선 투덕거리는 빨

래 소리. 한옆에선 풋뿔을 차느라고 날뛰고 떠들고 법석이다. 뿌웅 하고 음충맞게 내대는 자동차의 싸이렌. 남치마에 연분홍 저고리가 버젓이 활을 들고 나온다. 그리고키 훌쩍 큰 놈팽이는 돈지갑을 내든다.

"너 왜 또 말썽이냐?"

하고 순사는 고개를 돌리어 아끼꼬를 씽긋이 흘겨본다. 그는 노파가 왜 그렇게 아끼꼬를 못 먹어서 기를 쓰는지 영문을 모른다. 노파의 눈에도 아끼꼬가 좀 귀여울 텐데 그렇게 미울 때에는 아마 아끼꼬가 뭘 좀 먹이질 않아 틀렸는지 모른다. 그렇지 않으면 다른 사람 다 제쳐놓고 아끼꼬만 씹을 리가 없다. 생각하다가

"뭘 말썽이유 내가?"

"네가 뭐 쥔마누라를 깨물고 사람을 죽이구 그런다며? 그리구 요전에도 카페서 네가 손님을 쳤다는 소문도 들리지 않니?"

하고 눈살을 찝고 웃어버린다. 얼굴 똑똑한 것이 아주 할 수 없는 계집애라고 돌릴 수밖에 없다.

"난 그런지 몰루!"

아끼꼬는 땅에 침을 탁 뱉고 아주 천연스레 대답한다. 그리고 사직원의 문간쯤 와서는

"이담 또 만납시다."

제멋대로 작별을 남기고 저는 저대로 산 쪽으로 올라온다.

활터 길로 올라오다 아끼꼬는 궁금하여 뒤를 한번 돌아본다. 너무 기가 막혀서 벙벙히 바라보고 있다가 다시 주먹으로 나른한 하품을 끄는 순사. 한편에선 날뛰고 자빠지고 쾌활히 공을 찬다. 아끼꼬는 다시 올라가며 저도 남자가 됐더라면 '풋뿔'을 차볼걸 하고 후회가 막급이다. 그리고 산을 한 바퀴 돌아 내려가서는 이번엔 장독대 위에 요강을 버리리라 결심을 한다. 구렁이는 장독대 위에 오줌을 버리면 그것처럼 질색이 없다.

　　"망할 년! 이담에 봐라 내 장독 위에 오줌까지 깔길 테니!"

　　이렇게 아끼꼬는 몇 번 몇 번 결심을 한다.

— 〈조광〉, 1937. 2.

땡볕

우람스레 생긴 덕순이는 바른팔로 왼편 소맷자락을 끌어다 콧등의 땀방울을 훑고는 통안네거리에 와 다리를 딱 멈추었다. 더위에 익어 얼굴은 벌건히 사방을 둘러본다. 중복허리의 뜨거운 땡볕이라 길 가는 사람은 저편 처마 끝으로만 배앵뱅 돌고 있다. 지면은 번들번들히 닳아 자동차가 지날 적마다 숨이 탁 막힐 만치 무더운 먼지를 풍겨놓는 것이다.

덕순이는 아무리 찾아보아도 자기가 길을 물어 좋을 만치 그렇게 여유 있는 얼굴이 보이지 않음을 알자, 소맷자락으로 또 한 번 땀을 훑어본다. 그리고 거북한 표

정으로 멍멍히 섰다. 때마침 옆으로 지나는 어린 깍쟁이
에게 공손히 손짓을 한다.

"애! 대학병원을 어디루 가니?"

"이리루 곧장 가세요."

덕순이는 어린 깍쟁이가 턱으로 가리킨 대로 그 길
을 북으로 접어들며 다시 내걷기 시작한다. 내딛는 한 발
짝마다 무거운 지게는 어깨에 박이고 등줄기에서 쏟아
져 내리는 진땀에 궁둥이는 쓰라릴 만치 물었다. 속 타는
불김을 입으로 불어가며 허덕지덕 올라오다 엄지손가락
으로 코를 힝 풀어 그 옆 전봇대 허리에 쓱 문댈 때에는
그는 어지간히 가슴이 답답하였다. 당장 지게를 벗어 던
지고 푸른 그늘에 가 나자빠지고 싶은 생각이 굴뚝같으
련만 그걸 못 하니 짜증이 안 날 수 없다. 골피를 찌푸리
어 데퉁스레

"빌어먹을 거! 왜 이리 무거!"

하고 내뱉으려 하였으나, 그러나 지게 위에서 무색하여
질 아내를 생각하고 꾹 참아버린다. 제 속으로만 끙끙거
리다 겨우

"에이 더웁다!"

하고 자탄이 나올 적에는 더는 갈 수가 없었다.

덕순이는 길가 버들 밑에다 지게를 벗어놓고는 두
손으로 적삼 섶을 흔들어 땀을 들인다. 바람기 한 점 없
는 거리는 그대로 타 붙었고 그 위의 모래만 이글이글

○

달아간다. 하늘을 쳐다보았으나 좀체로 비 맛은 못 볼 듯
싶어 바상바상한 입맛을 다시고 섰을 때 별안간 댕댕 소
리와 함께 발등에 물을 뿌리고 물차가 지나가니 그는 비
로소 산 듯이 정신기가 반짝 난다. 적삼 호주머니에 손을
넣어 곰방대를 꺼내 물고 담배 한 대 붙이려 하였으나
홀쭉한 쌈지에는 어제부터 담배 한 알 없었던 것을 다시
깨닫고 역정스레 도로 집어넣는다.

"꽁무니가 배기지 않어?"

덕순이는 이렇게 아내를 돌아보다

"괜찮아요!"

하고 거진 죽어가는 상으로 글썽글썽 눈물이 괸 아내가
딱하였다. 두 달 동안이나 햇빛 못 본 얼굴은 누렇게 시
들었고, 병약한 몸으로 지게 위에 앉아 까댁이는 양이 금
시라도 꺼질 듯싶은 그 아내였다.

덕순이는 아내를 이윽히 노려보다

"아 울긴 왜 우는 거야?"

하고 눈을 부라렸으나

"병원에 가면 짼대겠지요."

"째긴 아무거나 덮어놓고 째나? 연구한다니까!"

하고 되도록 아내를 안심시킨다. 그러나 덕순이 생각에
는 째든 말든 그건 차치해놓고 우선 먹어야 산다고,

"왜 기영이 할아버지의 말씀 못 들었어?"

"병원서 월급을 주구 고쳐준다는 게 정말인가요?"

"그럼 노인이 설마 거짓말을 헐라구, 그래 시방두 대학병원의 이등 박산가 뭐가 열네 살 된 조선 아이가 어른보다도 더 부대한 걸 보구 하두 이상한 병이라구 붙잡아 들여서 한 달에 십 원씩 월급을 주고 그뿐인가 먹이구 입히구 이래가며 지금 연구하구 있대지 않어?"

"그럼 나두 허구헌 날 늘 병원에만 있게 되겠구려?"

"인제 가봐야 알지 어떻게 될는지."

이렇게 시원스레 받기는 받았으나 덕순이 자신 역기영 할아버지의 말이 꽉 믿어서 좋을지가 의문이었다. 시골서 올라온 지 얼마 안 되는 그로서는 서울 일이라 호옥 알 수 없을 듯싶어 무료 진찰권을 내온 데 더 되지 않았다. 그렇다 하더라도 병이 괴상하면 할수록 혹은 고치기가 어려우면 어려울수록 월급이 많다는 것인데 영문 모를 아내의 이 병은 얼마짜리나 되겠는가, 고 속으로 무척 궁금하였다. 아이가 십 원이라니 이건 한 십오 원쯤 주겠는가, 그렇다면 병 고치니 좋고, 먹으니 좋고, 두루두루 팔자를 고치리라고 속 안으로 육조배판六曹排判을 늘이고 섰을 때

"여보십쇼! 이 채미 하나 잡숴보십소."

하고 조만치서 참외를 벌여놓고 앉았는 아이가 시선을 끌어간다.

길쭘길쭘하고 싱싱한 놈들이 과연 뜨거운 복중에 하나 벗겨 들고 으썩 깨물어봄 직한 참외였다. 덕순이는

참외를 이놈 저놈 멀거니 물색하여보다 쌈지에 든 잔돈 사 전을 얼른 생각은 하였으나 다음 순간에 그건 안 될 말이리라고 꺽진 마음으로 시선을 걷어온다. 사 전에 일 전만 더 보태면 희연 한 봉이 되리라고 어제부터 잔뜩 꼽여 쥐고 오던 그 사 전, 이걸 참외값으로 녹여서는 사람이 아니다.

"지게를 꼭 붙들어!"

덕순이는 지게를 지고 다시 일어나며 그 십오 원을 생각했던 것이니 그로서는 너무도 벅찬 희망의 보행이었다.

덕순이는 간호부가 지도하여주는 대로 산부인과 문밖에서 제 차례가 돌아오기를 기다리고 있었다.

아내는 남편이 업어다 놓은 대로 걸상에 가 번듯이 늘어져서 괴로운 숨을 견디지 못한다. 요량 없이 부어오른 아랫배를 한 손으로 치마째 걷어 안고는 매 호흡마다 간댕거리는 야윈 고개로 가쁜 숨을 돌르고 있는 것이다. 게다가 수술실에서 들것으로 담아내는 환자와, 피고름이 엉긴 쓰레기통을 보는 것은 그로 하여금 해쓱한 얼굴로 이를 떨도록 하기에는 너무도 충분한 풍경이었다.

"너무 그렇게 겁내지 말아. 그래두 다 죽을 사람이 병원엘 와야 살아 나가는 거야!"

덕순이는 아내를 위안하기 위하여 이런 소리도 하는 것이나 기실 아내 붑지 않게 저로도 조바심이 적지 않았다. 아내의 이 병이 무슨 병일까, 짜정 기이한 병이라서 월급을 타 먹고 있게 될 것인가, 또는 아내의 병을 씻은 듯이 고쳐줄 수 있겠는가, 겸삼수삼 모두가 궁거웠다.

이 생각 저 생각으로 덕순이는 아내의 상체를 떠받쳐 주고 있다가 우연히도 맞은 켠 타구 옆땡이에 가 떨어져 있는 권연 꽁댕이에 한눈이 팔린다. 그는 사방을 잠깐 살펴보고 힝하게 가서 집어다가는 곰방대에 피워 물며 제 차례를 기다렸으나 좀체로 불러주질 않는 것이다.

이렇게 하여 그들은 허무히도 두 시간을 보냈다.

한 점을 사십 분가량 지났을 때 간호부가 다시 나와 덕순이 아내의 성명을 외는 것이다.

"네 여깄습니다!"

덕순이는 허둥지둥 아내를 떨쳐 업고 진찰실로 들어갔다.

간호부 둘이 달겨들어 우선 옷을 벗기고 주무를 제 아내는 놀란 토끼와 같이 조고맣게 되어 떨고 있었다. 코를 찌르는 무더운 약 내에 소름이 끼치기도 하려니와 한쪽에 번쩍번쩍 늘려 놓인 기계가 더욱이 마음을 죄게 하는 것이다. 아내가 너무 병신스레 떨므로 옆에 섰는 덕순이까지도 계면쩍지 않을 수 없었다. 아내의 한 팔을 꼭 붙들어주고, 집에서 꾸짖듯이 눈을 부릅떠

"메가 무섭다구 이래?"

하고는 유리판에서 기계 부딪는 젤그럭 소리에 등줄기

가 다 섬찟할 제

"은제부터 배가 이래요?"

간호부가 뚱뚱한 의사의 말을 통변한다.

"자세히는 몰라두!"

덕순이는 이렇게 머리를 긁고는 아마 이토록 부르기는 지난겨울부턴가 봐요, 처음에는 이게 애가 아닌가 했던 것이 그렇지도 않구요, 애라면 열 달에 날 텐데

"열석 달이나 가는 게 어딨습니까?"

하고는 아차 애니 뭐니 하는 건 괜히 지껄였군, 하였다. 그래 의사가 무에라고 또 입을 열 수 있기 전에 얼른 대미처

"아무두 이 병이 무슨 병인지 모른다구 그래요, 난 생처음 본다구요."

하고 몇 마디 더 얹었다.

덕순이는 자기네들의 팔자를 고칠 수 있고 없고가 이 순간에 달렸음을 또 한 번 깨닫고 열심히 의사의 입만 쳐다보고 있는 것이다. 마는 금테 안경 쓴 의사는 그리 쉽사리 입을 열려 하지 않았다. 몇 번을 거듭 주물러보고, 두드려보고, 들어보고, 이러기를 얼마 한 다음 시답지 않게 저쪽으로 가 대야에 손을 씻어가며 간호부를 통하여 하는 말이

"이 배 속에 어린애가 있는데요, 나올랴다 소문여자의 음부를 완곡하게 이르는 말이 적어서 그대로 죽었어요, 이걸 그

냥 둔다면 앞으로 일주일을 못 갈 것이니 불가불 수술을
해야 하겠으나 또 그 결과가 반드시 좋다고 단언할 수도
없는 것이매 배를 가르고 아이를 꺼내다 만일 사불여의
하여 불행을 본다더라도 전혀 관계없다는 승낙만
있으면 내일이라도 곧 수술을 하겠어요.”
하고 나어린 간호부는 조금도 거리낌 없는 어조로 줄줄
쏟아놓다가
　　“어떻게 하실 테야요?”
　　“글쎄요!”
　　덕순이는 이렇게 얼떨떨한 낯으로 다시 한번 뒤통
수를 긁지 않을 수 없었다. 간호부의 말이 무슨 소린지
다는 모른다 하더라도 속대중으로 저쯤은 알아챘던 것
이니 아내의 생명이 위험하다는 그 말이 두렵기도 하려
니와 겨우 아이를 뱄다는 것쯤, 연구거리는 못 되는 병인
양 싶어 우선 낙심하고 마는 것이다. 하나 이왕 버린 노
릇이매
　　“그럼 먹을 것이 없는데요―.”
　　“그건 여기서 입원시키고 먹일 것이니까 염려 마서
요―.”
　　“그런데요 저―.”
하고 덕순이는 열적은 낯을 무얼로 가릴지 몰라 주볏주볏
　　“월급 같은 건 안 주나요?”
　　“무슨 월급이요?”

"왜 여기서 병을 고치면 월급을 주는 수두 있다지요."

"제 병 고쳐주는데 무슨 월급을 준단 말이요?"

하고 맨망스리도 톡 쏘는 바람에 덕순이는 얼굴이 고만 벌게지고 말았다. 팔자를 고치려던 그 계획이 완전히 어그러졌음을 알자, 그의 주린 창자는 다시금 척 꺾이며 두꺼운 손으로 이마의 진땀이나 훑어보는 밖에 별도리가 없는 것이다. 허나 아내의 생명은 어차피 건져야 하겠기로 공손히 허리를 굽신하며

"그럼 낼 데리고 올게 어떻게 해주십시요."

하고 되도록 빌붙어 보았던 것이, 그때까지 끔찍끔찍한 소리에 얼이 빠져서 멀뚱히 누웠던 아내가 별안간 기급을 하여 일어나 살뚱맞은 목성으로

"나는 죽으면 죽었지 배는 안 째요."

하고 얼굴이 노랗게 되는 데는 더 할 말이 없었다. 죽이더라도 제 원대로나 죽게 하는 것이 혹은 남편 된 사람의 도릴지도 모른다.

아내의 꼴에 하도 어이가 없어

"죽는 거보담이야 수술을 하는 게 좀 낫겠지요!"

비소를 금치 못하고 섰는 간호부와 의사가 눈에 보이지 않도록, 덕순이는 시선을 외면하여 뚱싯뚱싯 아내를 업고 나왔다. 지게 위에 올려놓은 다음 엎디어 다시 지고 일어나려니 이게 웬일일까 아까 오던 때와는 갑절

이나 무거웠다. 덕순이는 얼마 전에 희망이 가득히 차 올라가던 길을 힘 풀린 걸음으로 터덜터덜 내려오고 있었다. 보지는 않아도 지게 위에서 소리를 죽여 훌쩍훌쩍 울고 있는 아내가 눈앞에 환한 것이다. 학식이 많은 의사는 일자무식인 덕순이 내외보다는 더 많이 알 것이니 생명이 한 이레를 못 가리라던 그 말을 어쩌볼 도리가 없다. 인제 남은 것은 우중충한 그 냉골에 갖다 다시 눕혀놓고 죽을 때나 기다리고 있을 따름이었다.

덕순이는 눈 위로 덮는 땀방울을 주먹으로 훔쳐가며 장차 캄캄하여올 그 전도를 생각해본다. 서울을 장대^고마음속으로 기대하며 잔뜩 벼르고 왔던 것이 벌이도 제대로 안 되고 게다가 인젠 아내까지 잃는 것이다. 지 에미 붙을! 이놈의 팔자가, 하고 딱한 탄식이 목을 넘어오다 꽉 깨무는 바람에 한숨으로 터져버린다.

한나절이 되자 더위는 더한층 무서워진다.

덕순이는 통째 짓무를 듯싶은 등어리를 견디지 못하여 먼젓번에 쉬어가던 나무 그늘에 지게를 벗어놓는다. 땀을 들여가며 아내를 가만히 내려보니 그동안 고생만 시키고 변변히 먹이지도 못하였던 것이 갑자기 후회가 나는 것이다. 이럴 줄 알았다면 동넷집 닭이라도 훔쳐다 먹였던걸, 싶어

"울지 말아, 그것들이 뭘 아나? 제까진 게―."
하고 소리를 빽 지르고는

○ 212

"채미 하나 먹어볼 테야?"

"채밀, 싫어요—."

아내는 더위에 속이 탔음인지 행길 건너 저쪽 그늘에서 팔고 있는 얼음냉수를 손으로 가리킨다. 남편이 한 푼 더 보태어 담배를 사려던 그 돈으로 얼음냉수를 한 그릇 사다가 입에 먹여까지 주니 아내도 황송하여 한숨에 들이킨다. 한 그릇을 다 먹고 나서 하나 더 사다 주랴 물었을 때 이번에는 왜떡이 먹구 싶다 하였다. 덕순이는 이것이 마즈막이라는 생각으로 나머지 돈으로 왜떡 세 개를 사다 주고는 그래도 눈물도 씻을 줄 모르고 그걸 오직오직 깨물고 있는 아내를 이윽히 바라보고 있었다. 그러나 아내가 무슨 생각을 하였는지 왜떡을 입에 문 채 홀쩍홀쩍 울며

"저 사촌 형님께 쌀 두 되 꿔다 먹은 거 부대 잊지 말구 갚우."

하고 부탁할 제 이것이 필연 아내의 유언이리라고 깨닫고는

"그래 그건 염려 말아!"

"그러구 임자 옷은 영근 어머이더러 사정 얘길 하구 좀 빨아 달래우."

하고 이야기를 곤잘 하다가 다시 입을 이그리고 홀쩍홀쩍 우는 것이다.

덕순이는 그 유언이 너무 처량하여 눈에 눈물이 핑

돌아가지고는 지게를 도로 지고 일어선다. 얼른 갖다 눕히고 죽이라도 한 그릇 더 얻어다 먹이는 것이 남편의 도릴 게다.

때는 중복허리의 쇠뿔도 녹이려는 뜨거운 땡볕이었다.

덕순이는 빗발같이 내려붓는 얼굴의 땀을 두 손으로 번갈아 훔쳐가며 끙끙 내려올 제, 아내는 지게 위에서 그칠 줄 모르는 그 수많은 유언을 차근차근 남기자, 울자, 하는 것이다.

— 〈여성〉, 1937. 2.

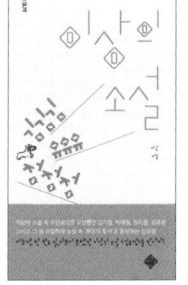

ㅁㅁ1   ㅁㅁㄹ   ㅁㅁㅌ

다들 한번쯤은 읽어봤던 작가지만
아직 한 번도 읽어보지 못한 소설!

모든 위대한 작가들의 작품은 작가의 다른 작품, 그러나 우리가 잘 알지 못하는 작품을 흔적으로 가지고 있다. 우리가 작가의 대표작이 아닌, 한 번도 읽어보지 못한 작품을 읽는 일은 이 흔적을 만나는 일이며, 이들 작가와 작품을 더 잘 이해할 수 있는 경험을 우리에게 선사해준다.

문득 시리즈는 시대를 초월해 문학 독자들이 가장 사랑하는 작가들을 다시 호출해 누구나 알고 있지만 한 번도 읽어보지 못했던 새로운 글[×]을 얻을 수 있는^빼 기회를 제공함으로써 작가를 더 잘 사랑할 수 있는 경험을 공유할 수 있도록 하고자 기획하였다.

◆작가와 출간 순서는 변동이 있을 수 있습니다. 문득 시리즈는 계속 출간됩니다.

김유정의 소설

떡

초판 1쇄 발행 2020년 9월 18일

지은이 김유정
외부기획 이명연
책임편집 원미연
디자인 정계수

펴낸이 김현숙 김현정
펴낸곳 스피리투스/공명
출판등록 2011년 10월 4일 제25100-2012-000039호
주소 03925 서울시 마포구 월드컵북로402. KGIT센터 9층 925A호
전화 02-3153-1378   팩스 02-6007-9858
이메일 gongmyoung@hanmail.net
블로그 http://blog.naver.com/gongmyoung1
ISBN 978-89-97870-43-1 04810
ISBN 978-89-97870-30-1 (세트)

이 도서의 국립중앙도서관 출판시도서목록(CIP)은 서지정보유통지원시스템
홈페이지(http://seoji.nl.go.kr)와 국가자료공동목록시스템(http://www.nl.go.kr/kolisnet)에서
이용하실 수 있습니다. (CIP제어번호: CIP2020037441)

숨결, 정신, 마음을 뜻하는 스피리투스는 도서출판 공명의 문학 브랜드입니다.